Friedrich Bodenstedt

Die Lieder des Mirza-Schaffy

Friedrich Bodenstedt

Die Lieder des Mirza-Schaffy

ISBN/EAN: 9783743360945

Hergestellt in Europa, USA, Kanada, Australien, Japan

Cover: Foto ©Andreas Hilbeck / pixelio.de

Manufactured and distributed by brebook publishing software (www.brebook.com)

Friedrich Bodenstedt

Die Lieder des Mirza-Schaffy

Die Lieder

des

Mirza-Schaffy.

Die Lieder

des

Mirza-Schaffy

mit einem Prolog

von

Friedrich Bodenstedt.

Siebenundvierzigste Auflage.

Berlin 1873.

Verlag der Königlichen Geheimen Ober-Hofbuchdruckerei
(R. v. Decker).

Inhalts-Verzeichniß.

———

Lieder zum Lobe des Weines und irdischer Glückseligkeit.

Lieder und Sprüche der Weisheit.

Tiflis. Verschiedene.

Mirza-Juffuf.

Hafisa.

Nachklänge aus der Schule der Weisheit.

*

Vermischte Gedichte.

**

Editam

gewidmet

von

F. B.

Prolog.

Derweil in Weh'n die Erde kreist,
Gewaltiges sich vorbereitet,
Und ein verderbenschwang'rer Geist
Geharnischt durch die Lande schreitet,
Dem Jeder seine Huldigung
Darbringt, in Hoffen oder Bangen,
Der Eine mit verhaltnem Groll,
Der Andre bang um Gut und Habe,
Die Menge harrend mit Verlangen
Des Großen das da kommen soll:
Da braucht es wohl Entschuldigung
Für diese kleine Liedergabe,
Die harmlos, mit bescheid'nem Schritt
In das Geräusch des Tages tritt.

Es sind nicht wilde Schlachtgesänge
Die Euch zu blut'ger That entzünden;
Nicht demuthvolle Schmeichelklänge
Die eitlen Glanz und Ruhm verkünden;
Auch keine frommen Kanzelschauer
Die Euch zu stummer Duldung neigen,
Und für der Erde Weh und Trauer
Vertröstend auf den Himmel zeigen:

Nur Blumen sind's, bescheid'ner Art,
Die ich auf ferner Wanderfahrt
Gepflückt, und sorgsam aufbewahrt,
Und jetzt zu duft'gem Kranz gewunden.
Und Sprüche sind's in Reimgewand,
Erdacht im fernen Morgenland,
Wo eines weisen Freundes Hand
Sie mir zur Perlenschnur gebunden.

Dazwischen jubeln helle Lieder
Von Liebe, Lust und Erdenschöne.
Was ich erlauschte, sang ich wieder

Gehüllt in heimatliche Töne —
In frohem Kreis, beim Becher Wein
Mag wohl ihr Klang am schönsten sein.

Und fragt Ihr mich: wie magst Du nur,
Derweil uns Noth und Stürme dräuen,
Lustwandeln auf der Lenzesflur
Und Dich an Sang und Blumen freuen?

O, diese Blumen, dieser Sang
Sind nicht in leerem Müßiggang
Gesucht und mir zu Theil geworden —
Doch unter Ungemach und Noth,
Wenn schlimme Stürme mich bedroht,
Sind sie mir stets zum Heil geworden!

Sie waren mir ein Talisman
Der von mir nahm was mich betrübte,
Und auch wohl Andern üben kann
Die Wunderkraft, die mir geübte.

Wo vielgegipfelt, wildzerklüftet
Der Kaukasus zum Himmel steigt,
Das Haupt erstarrt und schneegebleicht
Wenn er den Wolkenturban lüftet —
In eis'gem Panzer eingezwängt,
Daran die blumenreiche Steppe
Des Dones, gleichwie eine Schleppe
An einem Königsmantel, hängt —
Wo Simurg's riesiges Gefieder
Vom Wolkenthrone niederrauscht,
Da ist die Heimat dieser Lieder,
Da hab' ich ihren Klang erlauscht.
Wohl Andres gab es dort zu singen,
Wo nie der Schlachtendonner schweigt,
Wo Völker in Verzweiflung ringen
Und eines nicht dem andern weicht.
Wo alles klirrt in blanker Rüstung,

Wo jede Wohnung eine Feste,
Wo jeder Steinblock eine Brüstung —
Wo sich's in jedem Felsenneste
Von Waffen und von Kämpfern regt —
Wo selbst das Weib die Waffen trägt,
Wo jeder Knabe schon ein Krieger —
Und wo in der Verzweiflung Muth
Die Mutter mit der eignen Brut
Vom Felshang springt in's Todesbette,
Daß vor der Knechtschaft sie sich rette
Und der Gewalt der rohen Sieger . . .

Hinweg mit diesen grausen Bildern
Des Todes; der Zerstörung Schrecken!
Wer nicht vermag das Weh zu mildern,
Soll die Erinnerung nicht wecken,
Nicht mit den Wilden selbst verwildern!

Fort von den Gräbern, von den Trümmern,
Fort aus der Nacht zum hellen Tag!
Es soll des Lebens frischer Drang

Nicht in gesuchtem Gram verkümmern —
Und nur was Freude bieten mag
Soll auferstehen im Gesang!

Verhalt'ner Schmerz und stete Spannung
Führt zur Erschlaffung, zur Entmannung.
Das Schlimme stellt von selbst sich ein,
Und wer sich freu'n will muß es bannen,
Ein frohes Lied, ein Becher Wein:
Und alle Sorge zieht von dannen!
Nur wer sich recht des Lebens freut,
Trägt leichter was es Schlimmes beut.

Drum salbt zum Feste Eure Glieder,
Und laßt an meiner Hand Euch nieder
Beim Trinkgelag verliebter Weisen,
Die Erdenlust und Schönheit preisen.
Sie streuen Blumen vor Euch hin,
Erfreut Euch ihrer Wohlgerüche,
Merkt ihrer Worte klugen Sinn;
Hört ihre Lieder, ihre Sprüche,

Die länger als sie selber leben,
Dem weinbenetzten Mund entschweben.

Und was mir die Erinnerung
Noch in lebend'gen Farben malt:
Die liedersüße Huldigung
Der Schönheit die verlockend strahlt,
Des Ostens warme Sternennacht,
Der Blumengärten Farbenpracht,
Des Frühlings Lust und Blüthendrang,
Die bergumragte Kyrosstadt,
Die Majestät des Ararat,
Soll auferstehen im Gesang;
Gebirge die zum Himmel steigen,
Bergströme die zu Thale springen,
Der jungen Mädchen Tanzesreigen
Wenn wild der Tschengjir Saiten klingen

O, diese wilden Klangesgrüße,
Sie sind mir tief in's Herz gedrungen,
Und diese jungfräulichen Füße

Mir im Gedächtniß nachgesprungen.
Und Alles was ich recht verstand,
Und was ich schön und nützlich fand,
Das führ' ich jetzt an meiner Hand
Heim in mein deutsches Vaterland.

Und weil es voll von Liebe ist,
Keusch angethan im Friedenskleid:
Eblitam, sei es Dir geweiht!
Die Du den Frieden mir beschieden,
Die Du die Liebe selber bist!

1851.   F. B.

Zuléikha.

Die Liebe ist der Dichtung Stern,
Die Liebe ist des Lebens Kern;
Und wer die Lieb' hat ausgesungen,
Der hat die Ewigkeit errungen.
                    Rückert.

1.

Nicht mit Engeln im blauen Himmelszelt,
Nicht mit Rosen auf duftigem Blumenfeld,
Selbst mit der ewigen Sonne Licht
Vergleich ich Zuléikha, mein Mädchen, nicht!

Denn der Engel Busen ist liebeleer,
Unter Rosen drohen die Dornen her,
Und die Sonne verhüllt des Nachts ihr Licht:
Sie alle gleichen Zuléikha nicht!

Nichts finden, so weit das Weltall reicht,
Die Blicke, was meiner Zuléikha gleicht —
Schön, dornlos, voll ewigem Liebesschein,
Kann sie mit sich selbst nur verglichen sein!

———————

2.

Sing' ich ein Lied, hüpft freudereich
Das Herz der jungen Mädchen,
Denn Perlen sind die Worte gleich,
Gereiht auf seid'nen Fädchen!

Und Düfte steigen auf daraus,
Von Houris' Hauch getränkte —
Gleichwie aus jenem Blumenstrauß,
Den mir Zuléikha schenkte.

Erstaunt nicht, daß des Sängers Mund
So Herrliches vollbringe,
Und daß die Weisheit hier den Bund
Mit Jugendtollheit schlinge!

Wißt Ihr, wer mir die Weisheit gab?
Sie kam vom rechten Orte,
Ich las sie ihren Augen ab
Und hüllte sie in Worte!

Was Wunder, wenn so anmuthvoll
Euch meine Lieder tönen,
Ist doch, was meinem Mund entquoll,
Ein Abglanz nur der Schönen!

Sie ist dem Becher Dshemschid*) gleich,
Ein Quell der Offenbarung,
Der mir erschließt ein Zauberreich
Der Weisheit und Erfahrung.

Und sagt: erklingt nicht mein Gesang
Von wunderbaren Tönen?
Und ist nicht meines Liedes Gang
Leicht wie der Gang der Schönen?

---

*) Der Becher Dshem oder Dshemschid, auf dessen Grunde sich
alle Geheimnisse der Erde offenbarten, hat seinen Namen von dem alten
persischen Könige Dshem.

3.

Mein Herz schmückt sich mit Dir, wie sich
Der Himmel mit der Sonne schmückt —
Du giebst ihm Glanz, und ohne Dich
Bleibt es in dunkle Nacht entrückt.

Gleichwie die Welt all' ihre Pracht
Verhüllt, wenn Dunkel sie umfließt,
Und nur, wenn ihr die Sonne lacht,
Zeigt, was sie Schönes in sich schließt!

———————

Was ist der Wuchs der Pinie, das Auge der Gazelle,

Wohl gegen Deinen schlanken Wuchs und Deines
Auges Helle?

Was ist der Duft, den Schiras' Flur uns herhaucht
mit den Winden,

Verglichen mit der Düfte Hauch, die Deinem Mund
entschwinden?

Was sind die süßen Lieder all', die uns Hafis gesungen,

Wohl gegen Eines Wortes Ton, aus Deinem Mund
entklungen?

Was ist der Rosen Blüthenkelch, dran Nachtigallen
nippen,

Wohl gegen Deinen Rosenmund und Deine Rosen-
lippen,

Was ist die Sonne, was der Mond, was alle Himmels-
Sterne?

Sie glühen, zittern nur für Dich, liebäugeln aus
der Ferne!

Was bin ich selbst, was ist mein Herz, was meines
Liedes Töne?

Als Sklaven Deiner Herrlichkeit, Lobsinger Deiner
Schöne!

———————

5.

Minnewerben.

Der Dorn ist Zeichen der Verneinung,
Des Mißgefallens und des Zornes,
Drum: widerstrebt sie der Vereinung,
Reicht sie das Zeichen mir des Dornes.

Doch wirft die Knospe einer Rose
Die Jungfrau mir als Zeichen hin,
So heißt das: günstig steh'n die Loose,
Nur harre noch mit treuem Sinn!

Doch beut den Kelch der Rose offen
Die Jungfrau mir als Zeichen dar,
So ist erfüllt mein kühnstes Hoffen,
So ist die Liebe offenbar.

In hoffendem, in treuem Sinn
Nah' ich der Liebe Heiligthume,
Und werfe dieses Lied Dir hin,
Dies duft'ge Lied als Frageblume.

Nimm es in Freude oder Zorn hin,
Gieb Tod dem Herzen oder Nahrung,
Wirf Knospe, Rose oder Dorn hin:
Ich harre Deiner Offenbarung!

————————

6.

Seh' ich Deine zarten Füßchen an,
So begreif' ich nicht, Du süßes Mädchen,
Wie sie so viel Schönheit tragen können!

Seh' ich Deine kleinen Händchen an,
So begreif' ich nicht, Du süßes Mädchen,
Wie sie solche Wunden schlagen können!

Seh' ich Deine rosigen Lippen an,
So begreif' ich nicht, Du süßes Mädchen,
Wie sie einen Kuß versagen können!

Seh' ich Deine klugen Augen an,
So begreif' ich nicht, Du süßes Mädchen,
Wie sie nach mehr Liebe fragen können

Als ich fühle. — Sieh mich gnädig an!
Wärmer als mein Herz, Du süßes Mädchen,
Wird kein Menschenherz Dir schlagen können!

Hör' dies wonnevolle Liedchen an!
Schöner als mein Mund, Du süßes Mädchen,
Wird kein Mund Dir Liebe klagen können!

7.

Hochauf fliegt mein Herz, seit es sein Glück aus Deines
    Glücks Offenbarung zieht —
Und immer kehrt's wieder, wohin es der Liebe
    Süße Erfahrung zieht —
Dem Springquell ähnlich, der himmelauf in
    Toller Gebahrung zieht,
Und doch immer zurückkehrt von wo er gekommen ist
    Und seine Nahrung zieht.

————————

8.

Wenn dermaleinſt des Paradieſes Pforten
Den Frommen zur Belohnung offen ſteh'n,
Und buntgeſchaart die Menſchen aller Orten
Davor in Zweifel, Angſt und Hoffen ſteh'n:

Werd' ich allein von allen Sündern dorten
Von Angſt und Zweifel nicht betroffen ſteh'n,
Da lange ſchon auf Erden mir die Pforten
Des Paradieſes durch Dich offen ſteh'n!

9.

Kind, was thust Du so erschrocken,
Was hebt schüchtern sich Dein Fuß?
Faß' ich tändelnd Deine Locken,
Naht mein Mund sich Dir zum Kuß —
 Was ich biete, was ich suche,
 Laß Dich's, Mädchen, nicht betrüben:
 Denn so steht's im Schicksalsbuche
 Mir urzeitlich vorgeschrieben!

Ja, voll hohem Glauben bin ich,
Glaub' an Allah und Koran!
Glaube, daß ich Dich herzinnig
Lieben muß und lieben kann!
 Andern ward ihr Loos zum Fluche,
 Mir zum Segen und zum Lieben:
 Denn so steht's im Schicksalsbuche
 Mir urzeitlich vorgeschrieben!

Beut die Liebe Dir Bedrängniß?
Scheuche lächelnd Angst und Pein,
Denn erfüllt muß das Verhängniß
Meines stolzen Herzens sein!
    Ob ich sinne, ob ich suche,
    Keine Andre kann ich lieben:
    Denn so steht's im Schicksalsbuche
    Mir urzeitlich vorgeschrieben.

Hoffst Du einst dort auf Belohnung
Nach vollbrachter Erdenbahn,
Nimm Dich selbst auch hier voll Schonung
Meines armen Herzens an!
    Keines Andern Minne suche,
    Füge, zwing' Dich, mich zu lieben!
    Denn so steht's im Schicksalsbuche
    Dir urzeitlich vorgeschrieben!

Nimm dies duft'ge Lied und lies es,
Lausche seinem Zauberton —
Es verheißt des Paradieses
Seligkeit auf Erden schon!
    Andres Glück dort oben suche,
    Doch hienieden laß uns lieben:
    Denn so steht's im Schicksalsbuche
    Uns urzeitlich vorgeschrieben!

Wie vom Hauch des Morgenwindes
Sich der Kelch der Rose regt,
Sei das Herz des lieben Kindes
Von des Liedes Hauch bewegt!
    Sie gewähre, was ich suche,
    Was mich toll zu ihr getrieben:
    Denn so steht's im Schicksalsbuche
    Ihr urzeitlich vorgeschrieben!

10.

Es hat die Rose sich beklagt,
Daß gar zu schnell der Duft vergehe,
Den ihr der Lenz gegeben habe —

Da hab' ich ihr zum Trost gesagt,
Daß er durch meine Lieder wehe,
Und dort ein ewiges Leben habe.

Wohl weiß ich einen Kranz zu winden
Aus Blumen, die ich selbst gepflückt —
Wohl auch das rechte Wort zu finden,
Ob ich betrübt bin, ob beglückt.

So lang' ich meiner Sinne Meister,
So lang' ich weiß, was mir gefällt,
Gehorchen dienstbar mir die Geister
Der Blumen- und der Feenwelt.

Doch in der heil'gen Glut des Kusses,
Im Wunderleuchten des Geschicks,
Im Augenblick des Vollgenusses,
Im Vollgenuß des Augenblicks:

Da fehlen mir zum Lied die Töne,
Gleichwie der Nachtigall der Schlag,
Weil wohl der Mensch das höchste Schöne
Genießen, doch nicht singen mag.

Wer kann die helle Sonne malen
In höchster Glut, im Mittagslicht?
Wer nur sie seh'n mit ihren Strahlen
Von Angesicht zu Angesicht!

————

12.

Wenn der Frühling auf die Berge steigt
   Und im Sonnenstrahl der Schnee zerfließt,
Wenn das erste Grün am Baum sich zeigt
   Und im Gras das erste Blümlein sprießt —
     Wenn vorbei im Thal
     Nun mit Einemmal
Alle Regenzeit und Winterqual,
     Schallt es von den Höh'n
     Bis zum Thale weit:
     O, wie wunderschön
     Ist die Frühlingszeit!

Wenn am Gletscher heiß die Sonne leckt,
   Wenn die Quelle von den Bergen springt,
Alles rings mit jungem Grün sich deckt
   Und das Lustgetön der Wälder klingt —
     Lüfte lind und lau
     Würzt die grüne Au,
Und der Himmel lacht so rein und blau,
     Schallt es von den Höh'n
     Bis zum Thale weit:
     O, wie wunderschön
     Ist die Frühlingszeit!

War's nicht auch zur jungen Frühlingszeit,
    Als Dein Herz sich meinem Herz erschloß?
Als von Dir, Du wundersüße Maid,
    Ich den ersten langen Kuß genoß!
        Durch den Hain erklang
        Heller Lustgesang,
    Und die Quelle von den Bergen sprang —
        Scholl es von den Höh'n
        Bis zum Thale weit:
        O, wie wunderschön
        Ist die Frühlingszeit!

————

13.

Ich Glücklichster der Glücklichen! Derweil
Die Welt sich um sich selbst in Dummheit dreht,
Und Jeglicher auf seine Art dem Heil,
Das offenbar liegt, aus dem Wege geht;
Derweil der Mönch den eignen Leib kasteit,
Und wähnt, daß ihn der Himmel einst entschädigt
Für die auf Erden wundgerieb'nen Knie —
Derweil der Pfaff vom Jenseits prophezeiht,
In frommer Wuth den Leuten Dinge predigt,
Von denen er so wenig weiß wie sie:
Knie' ich zu meines Mädchens Füßen nieder,
Und schreibe meine wonnevollen Lieder
Aus ihren Augen ab. Es perlt der Wein
Zuneben mir im funkelnden Pokale;
Ich schlürfe ihn in vollen Zügen ein,
Und denk': es ist in diesem Erdenthale
Bei Lieb' und Wein ein paradiesisch Sein!

Lieder der Klage.

Die frohen Freunde laden Dich,
O komm an unsre Brust!
Und was Du auch verloren hast,
Vertraure den Verlust.

Goethe.

1.

Im Garten klagt die Nachtigall
Und hängt das feine Köpfchen nieder;
Was hilft's, daß ich so schöne Lieder
    Und wundersüße Töne habe —
So lange ich dies grau Gefieder,
    Und nicht der Rose Schöne habe!

Im Blumenbeet die Rose klagt:
Wie soll das Leben mir gefallen?
Was hilft's, daß vor den Blumen allen
    Ich Anmuth, Duft und Schöne habe —
So lang ich nicht der Nachtigallen
    Gesang und süße Töne habe!

Mirza-Schaffy entschied den Streit.
Er sprach: Laßt Euer Klagen beide,
Du Rose mit dem duft'gen Kleide,
    Du Nachtigall mit Deinen Liedern:
Vereint, zur Lust und Ohrenweide
    Der Menschen, Euch in meinen Liedern!

———

Wieder ist der Frühling ins Land gekommen,
Ist in blumigem, buntem Gewand gekommen.

Sonst als einem Freunde bin ich ihm entgegen
Mit einem vollen Becher in der Hand gekommen.

Jetzt meid' ich ihn, denn unter seinen Blumen
Bin ich an der Verzweiflung Rand gekommen.

Bin um Zuléikha, und mit der Geliebten
Um Freude, Glück und Verstand gekommen.

––––––––

3.

Es ist ein Wahn, zu glauben, daß
    Unglück den Menschen besser macht.
Es hat dies ganz den Sinn, als ob
    Der Rost ein scharfes Messer macht,
Der Schmutz die Reinlichkeit befördert,
    Der Schlamm ein klares Gewässer macht!

4.

Wie auf dem Feld nur die Frucht gedeiht,
   Wenn sie Sonne und Regen hat,
Also die Thaten des Menschen nur,
   Wenn er Glück und Segen hat!

———

Wohl mag es im Leben
Der Fälle geben,
Daß Unglück die Seele läutert,
Wie Erfahrung den Blick erweitert.
  Es giebt auch Fälle, wo der Arzt
Zur Heilung Gift verschrieben hat
Und Gift das Uebel vertrieben hat —
  Doch wär' es nicht Uebereilung,
Aus solchem Fall die Erfahrung zu nehmen:
  Zu jeglichen Uebels Heilung
Sei es nöthig Gift zur Nahrung zu nehmen?

———

6.

Nicht immer am besten erfahren ist,
Wer am ältesten an Jahren ist —
Und wer am meisten gelitten hat,
Nicht immer die besten Sitten hat!

————

7.

Mirza-Schaffy! Du müßtest blind sein,
Von Herzen ein Greis, von Glauben ein Kind sein,
Wolltest Du Dich in Deinem Thun und Dichten
Nach Glauben und Satzung der Thoren richten!

————

8.

Ein schlimm're Unglück als der Tod
Der liebsten Menschen — ist die Noth!
Sie läßt nicht sterben und nicht leben,
Sie streift des Lebens Blüthe ab,
Streift, was uns Lieblichstes gegeben,
Vom Herzen und Gemüthe ab!
Den Stolz des Weisesten selbst beugt sie,
Daß er der Dummheit dienstbar werde —
Der Sorgen bitterste erzeugt sie,
Denn man muß leben auf der Erde.

Noth ist das Grab der Poesie,
Und macht uns Menschen dienstbar, die
Man lieber stolz zerdrücken möchte,
Als sich vor ihnen bücken möchte.

Doch darfst Du darum nicht verzagen,
Bis Dir das Herz zusammenbricht:
Das Unglück kann die Weisheit nicht —
Doch Weisheit kann das Unglück tragen.

Verscheuch den Gram durch Liebsgekose,
Durch Deiner süßen Lieder Schall!
Nimm Dir ein Beispiel an der Rose,
Ein Beispiel an der Nachtigall!

Die Rose auch, die farbenprächtige,
Kann nicht der Erde Schmutz entbehren, —
Die Nachtigall, die liebesmächtige,
Muß sich von schlechten Würmern nähren!

Es hat einmal ein Thor gesagt,
Daß der Mensch zum Leiden geboren worden;
   Seitdem ist dies — Gott sei's geklagt! —
Der Spruch aller gläubigen Thoren worden.

Und weil die Menge aus Thoren besteht,
Ist die Luft im Lande verschworen worden,
   Es ist der Blick des Volkes kurz,
Und lang sind seine Ohren worden.

10.

Mirza-Schaffy! nun werde vernünftig,
Laß Deines Wesens Unstätigkeit —
Zu ernsterem Geschäfte künftig
Verwende Deine Thätigkeit!

Sieh Mirza-Hadshi-Aghassi*) an,
Was das ein Herr geworden ist!
War früher ein ganz gemeiner Mann,
Wie er jetzt behangen mit Orden ist!

Drum widme Deine Kräfte dem Staate,
Für den sie sonst verloren sind,
Weil meist die größten Herrn im Rathe
Zugleich die größten Thoren sind.

Ich sprach: viel Andre werden schon
Geschickt zu solchem Platz sein,
Doch schwerer dürfte für meine Person
Ein passender Ersatz sein.

*) Der vor Kurzem verstorbene Großvezier von Persien.

Darum: zeigst Du mir einen Mann,
Der jetzt im Rathe Stimm' und Sitz hat,
Und solche Lieder singen kann
Wie ich, und meinen Geist und Witz hat:

So lasse ich meine Unstätigkeit,
Lasse Trinken, Singen und Dichtung,
Und gebe meiner Thätigkeit
Sofort eine andere Richtung.

Lieder

zum Lobe des Weines und irdischer Glückseligkeit.

3*

Becherrand und Lippen
Sind Korallenklippen,
Wo auch die gescheitern
Schiffer gerne scheitern.
Rückert.

1.

Aus dem Feuerquell des Weines,
　Aus dem Zaubergrund des Bechers
　　Sprudelt Gift und — süße Labung,
Sprudelt Schönes und — Gemeines:
　Nach dem eignen Werth des Zechers,
　　Nach des Trinkenden Begabung!

In Gemeinheit tief versunken
　Liegt der Thor, vom Rausch bemeistert;
Wenn er trinkt — wird er betrunken,
　Trinken wir — sind wir begeistert!
Sprühen hohe Witzesfunken,
　Reden wie mit Engelzungen,
Und von Glut sind wir durchdrungen,
　Und von Schönheit sind wir trunken!

Denn es gleicht der Wein dem Regen,
　Der im Schmutze selbst zu Schmutz wird,
Doch auf gutem Acker Segen
　Bringt und Jedermann zu Nutz wird!

————

2.

Mein Lehrer ist Hafis, mein Bethaus ist die Schenke,
Ich liebe gute Menschen und stärkende Getränke;
Drum bin ich wohl gelitten in den Kreisen
Der Zecher, und sie nennen mich den Weisen.
Komm' ich — da kommt der Weise! sagen sie;
Geh' ich — schon geht der Weise! klagen sie;
Fehl' ich — wo steckt der Weise? fragen sie;
Bleib' ich — in lust'ger Weise schlagen sie
Laut Glas an Glas. Drum bitt' ich Gott den Herrn,
Daß er stets Herz und Fuß die rechten Pfade lenke,
Weitab von der Moschee und allen Bonzen fern
Mein Herz zur Liebe führe und meinen Fuß zur Schenke;
Daß ich dem Wahn der Menschen und ihrer Dummheit
ferne
Das Räthsel meines Daseins im Becher Weins ergründe,
Am Wuchse der Geliebten das All umfassen lerne,
An ihrer Augen Glut zur Andacht mich entzünde.
O, wonniges Empfinden! o, Andacht ohne Namen!
Wenn Kolchis' Feuerwein mir Mark und Blut durch-
drungen,
Ich die Geliebte halte und sie hält mich umschlungen,
Beseligt und beseligend — so möcht' ich sterben! Amen.

3.

Die Weise guter Zecher ist
In früh' und später Stunde,
Daß alter Wein im Becher ist,
Und neuer Witz im Munde —
    Denn wo man Eins davon entbehrt,
    Da ist das Andre auch nichts werth —
      Das Eine steht zum Andern.

Je mehr wir uns vertieft im Wein,
Je höher steigt der Geist uns —
Der Bart der Weisheit trieft von Wein,
Die ganze Welt umkreis't uns
    Versunken ganz in Trunkenheit,
    Und trunken in Versunkenheit,
      In Wein, Gesang und Liebe!

Die Weisen beim Pokale stehn
Hoch über der Gemeinheit,
Wie Berge überm Thale stehn
In himmelhoher Reinheit —
    Die Berge färbt des Himmels Licht,
    Uns wiederstrahlt das Angesicht
      Im Glanz der vollen Becher!

Sagt, was die Welt im Tausch uns giebt
Für unser lustig Leben!
Die Wonne, die ein Rausch uns giebt,
Wer mag uns Beſſres geben?
   Nur Eins kenn' ich, das ſchöner iſt:
   Wenn Du, Hafiſa! bei mir biſt,
     Mit Küſſen und mit Scherzen!

Und weil ſo kurz das Leben iſt,
Muß ſtets der Weiſen Ziel ſein:
Des Glücks, das uns gegeben iſt,
Kann nimmermehr zuviel ſein!
   Drum Kind, laß alle Skrupel ſein,
   Und ſteig herab in unſre Reih'n
     Wie in's Gebirg die Sonne!

4.

Mullah, rein ist der Wein,
Und Sünd' ist's, ihn zu schmäh'n —
Mögst Du tadeln mein Wort,
Mögst Du Wahrheit drin seh'n!

Nicht das Beten hat mich
Zur Moschee hingeführt:
Betrunken hab' ich
Mich vom Wege verirrt!

Jenem Tage zum Gedächtniß
Sei ein langer Trunk gemacht,
Wo vom Bethaus in die Schenke
Ich den ersten Sprung gemacht!

War verdummt in blinder Demuth,
War gealtert wie ein Greis —
Aber Wein, Gesang und Liebe
Hat mich wieder jung gemacht!

Trink, Mirza-Schaffy! berausche
Dich in Liebe, Sang und Wein!
Nur im Rausch sind Deine Lieder
So voll Glut und Schwung gemacht!

6.

Wie die Nachtigallen an den Rosen nippen,
— Sie sind klug und wissen, daß es gut ist! —
Netzen wir am Weine unsre losen Lippen,
— Wir sind klug und wissen, daß es gut ist! —

Wie die Meereswellen an den Felsenklippen,
— Wenn das sturmbewegte Meer in Wuth ist —
Breche schäumend sich der Wein an unsern Lippen,
— Wir sind klug und wissen, daß es gut ist! —

Wie ein Geisterkönig, ohne Fleisch und Rippen,
— Weil sein Wesen eitel Duft und Glut ist, —
Zieh' er siegreich ein durch's Rosenthor der Lippen,
— Wir sind klug und wissen, daß es gut ist! —

Wo man fröhlich versammelt in traulicher Runde ist,
Ohne zu achten, ob's früh oder spät an der Stunde
ist —
Wo der Becher von Wein überfließt, und die Lippe
von Witz,
Und ein rosiges Kind mit den Zechern im Bunde ist:
Gerne dort weilst Du, o Mirza = Schaffy! wo die
Weisheit
Hinter den Ohren nicht feucht, und nicht trocken im
Munde ist.

———————

8.

Woran erkennest Du die schönsten Blumen?
    An ihrer Blüthe!
Woran erkennest Du die besten Weine?
    An ihrer Güte!
Woran erkennest Du die besten Menschen?
    An dem Gemüthe!
Woran erkennest Du den Scheik und Mufti?
    An der Kapuße!
Die Antwort, Freund, ist richtig — geh' und mache
    Sie Dir zu Nuße!

———

Im Winter trink' ich und singe Lieder
   Aus Freude, daß der Frühling nah ist —
Und kommt der Frühling, trink' ich wieder
   Aus Freude, daß er endlich da ist.

———

Verbittre Dir das junge Leben nicht,
Verschmähe, was Dir Gott gegeben, nicht!

Verschließ Dein Herz der Liebe Offenbarung
Und Deinen Mund dem Trank der Reben nicht!

Sieh, schönern Doppellohn, als Wein und Liebe,
Beut Dir die Erde für Dein Streben nicht!

Drum ehre sie als Deine Erdengötter,
Und andern huldige daneben nicht!

Die Thoren, die bis zu dem Jenseits schmachten,
Sie lassen leben, doch sie leben nicht.

Der Mufti mag mit Höll' und Teufel drohen,
Die Weisen hören das und beben nicht.

Der Mufti glaubt, er wisse Alles besser,
Mirza-Schaffy glaubt das nun eben nicht!

———

O selig, wem von Urbeginn
  Im Schicksalsbuch geschrieben ist,
Daß er bestimmt zu leichtem Sinn,
  Zum Trinken und zum Lieben ist!

Der Zorn des Bonzen stört ihn nicht,
  Moscheenduft bethört ihn nicht,
Ob er allein — beim Becher Wein,
  Ob er beim Lieb geblieben ist!

Solch Loos ist Dein, Mirza-Schaffy!
  Genieß es ganz und klage nie!
Denk beim Pokal — daß stets die Zahl
  Der Wochentage sieben ist!

Am ersten Tag beginnt der Lauf
  Und erst am letzten hört er auf —
Wie's kommt, so geht's — bedenke stets
  Daß Glück nicht aufzuschieben ist!

Ein leichter Sinn, ein frohes Lied
　Ist Alles was Dir Gott beschied;
Drum laß den Wahn — verfolg die Bahn,
　Auf die Dein Fuß getrieben ist!

Euch mißfällt mein Dichten, weil ich
   Immer nur das Eine singe?
Nur von Rosen, Lenz und Liebe,
   Nachtigall und Weine singe?

Was ist schöner: daß der Sänger
   Irrlicht, Nacht und Lampe preist —
Oder daß er von der Einen
   Sonne ew'gem Scheine singe?

Und wie eine Sonne gieß' ich
   Meine Liederstrahlen aus,
Weil ich immer nur das Schöne,
   Niemals das Gemeine singe.

Mögen andere Lieder rühmen
   Kampf, Moschee und Fürstenglanz —
Nur von Rosen, Wein und Liebe
   Sollen immer meine singen!

O, Mirza-Schaffy! wie lieblich
   Duftet's aus den Versen her!
Denn so schön wie Deine Lieder
   Kann ein Andrer keine singen!

—

Trinkt Wein! das ist mein alter Spruch
Und wird auch stets mein neuer sein,
Kauft Euch der Flasche Weisheitsbuch,
   Und sollt es noch so theuer sein!

Als Gott der Herr die Welt erschuf,
Sprach er: der Mensch sei König hier!
Es soll des Menschen Haupt voll Witz,
   Es soll sein Trank voll Feuer sein!

Dies ist der Grund, daß Adam bald
Vom Paradies vertrieben ward:
Er floh den Wein, drum konnt' es ihm
   In Eden nicht geheuer sein!

Die ganze Menschheit ward vertilgt,
Nur Noah blieb mit seinem Haus,
Der Herr sprach: weil Du Wein gebaut,
   Sollst Du mein Knecht, mein treuer sein!

Die Wassertrinker seien jetzt
Ersäuft im Wasser allzumal,
Nur Du, mein Knecht, sollst aufbewahrt
   In hölzernem Gemäuer sein!

Mirza-Schaffy! Dir ward die Wahl
In diesem Falle nicht zur Qual;
Du hast den Wein erkürt, willst nie
   Ein Wasserungeheuer sein!

14.

Wir saßen noch spät beisammen,
Der alte Wirth und ich;
Des Weines heilige Flammen
Ergossen sich über mich;
Die reine Glut der Jugend
Mir wiederzugeben schien er —
Nie fühlt ich so die Tugend
Des rothen Kachetiner.
Ich konnt' im süßen Drang
Nur immer schlürfen und nippen,
Es wurden zu Gesang
Die Worte meiner Lippen;
Wie Adam vor dem Falle,
So schwamm ich in Entzücken,
Und wünschte, ich könnte Alle
Auf Erden mitbeglücken.

Sprach ich zum Wirth: ich wollte
Ich könnte in Wein zerfließen!
Mein flüssiger Körper sollte
In's Weltmeer sich ergießen!
Und sollte das Meer erfrischen,
Und sollt' es mit Weisheit würzen,
Dann sollte in's Meer zu den Fischen
Die ganze Welt sich stürzen:

Die Schulen und Moscheen,
Die Heiligen, die Wunder
Die alle darin zu sehn,
Der ganze alte Plunder
Der sollte untergehn!

Ich wollte Alles auf Erden
Befreien aus seiner Haft,
Es sollte zu Wasser werden
Die ganze Wissenschaft —
Sie sollte untergehen,
Und wieder auferstehen
In neuer Glut und Kraft!

O laß, Mirza-Schaffy!
— So sprach der alte Weinwirth —
Laß Deine Phantasie,
Und bis Dein Leib zu Wein wird,
Bis Deine Glieder zerfließen,
Zu würzen des Weltmeers Fluth:
Laß sich in Dich ergießen
Des Weines heilige Glut!
Laß alle fromme Thoren
In Nüchternheit versinken;
Kein Tropfen geht verloren
Von dem, was Weise trinken!

15.

Wenn Mirza - Schaffy den Becher erhebt,
   Einen Witz im Munde:
Wie sich freudig das Herz der Zecher erhebt
   In der jauchzenden Runde!
Sie fühlen es, daß für die Tollheit der Welt
   Sich zu jeglicher Stunde
Aus dem Geiste des Weines ein Rächer erhebt
   Mit der Weisheit im Bunde!

Lieder und Sprüche der Weisheit.

Auf das empfindsame Volk hab' ich nie was gehalten;
es werden,
Kommt die Gelegenheit, nur schlechte Gesellen daraus.

                              Goethe.

1.

Komm, Jünger, her! ich will Dich Weisheit lehren,
  Du sollst des Daseins Werth erkennen lernen —
Du sollst zum echten Glauben Dich bekehren,
  Das Wahre von dem Falschen trennen lernen:

Die Lehre, wie des Wahns, der Thorheit Klippen
  Klug zu umgeh'n, soll Dir im Liede werden —
Wohlredenheit und Anmuth Deinen Lippen,
  Und Deinem Herzen Glück und Friede werden!

Fort aus der alten Satzung dumpfen Räumen
  Will ich den Fuß zu besserm Streben führen —
Bei Wein und Liebe, unter Rosenbäumen:
  Sollst Du ein neues, schön'res Leben führen!

Und wenn Du übst was meine Lieder predigen,
  So sollst Du's offen, frohen Muthes üben: —
Der Heuchelei, des Truges Dich entledigen,
  Und im Geheimen nichts als Gutes üben!

Kein Schwert hab' ich, die Thoren zu bekehren;
  Wer Weisheit übt, legt Andern keinen Zwang auf;
Mein Joch ist leicht — der Kern von meinen Lehren
  Löst sich in Wein, in Liebe und Gesang auf.

Unendlich ist der Schönheit Zauberkreis,
  Unendlich sehnsuchtsvollen Dranges bleiben
Die Menschenherzen — doch wird stets der Preis
  Den Zaubertönen des Gesanges bleiben!

———

Es sucht der echte Weise
Daß er das rechte finde:
Jung wird er nicht zum Greise,
Alt wird er nicht zum Kinde!

Der Winter treibt keine Blüthe,
Der Sommer treibt kein Eis —
Was früh Dein Herz durchglühte,
Das ziemt Dir nicht als Greis!

Jung sich enthaltsam preisen,
Alt toll von Sinnen sein,
Wird nie des wahren Weisen
Rath und Beginnen sein!

———

3.

Höre was der Volksmund spricht:
Wer die Wahrheit liebt, der muß
  Schon sein Pferd am Zügel haben —
Wer die Wahrheit denkt, der muß
  Schon den Fuß im Bügel haben —
Wer die Wahrheit spricht, der muß
  Statt der Arme Flügel haben!
Und doch singt Mirza-Schaffy:
  Wer da lügt, muß Prügel haben!

———————

4.

Mag bei dem Reden der Wahrheit auch große Gefahr
sein,
Immer doch, Mirza Schaffy, mußt Du ehrlich und
wahr sein —
Darfst nicht zum Irrlichte werden im Sumpfe der
Lüge,
Denn alles Schöne ist wahr, und des Schönen kannst
Du nie baar sein!

Doch zu jeglicher Strafe und Unbill kluger Vermeidung
Hüll' Deine Weisheit in blumiger Worte Verkleidung:
Gleichwie die Traube mit köstlichem Tranke gefüllt ist,
Und doch von Laube und grünem Geranke umhüllt ist.

5.

Soll ich lachen, soll ich klagen,
Daß die Menschen meist so dumm sind,
Stets nur Frembes wiedersagen
Und in Selbstgedachtem stumm sind!

Nein, den Schöpfer will ich preisen,
Daß die Welt so voll von Thoren,
Denn sonst ginge ja der Weisen
Klugheit unbemerkt verloren!

————

Ein Schriftgelehrter kam zu mir und sprach:
»Mirza - Schaffy, was denkst Du von dem Schach?
Ist ihm die Weisheit wirklich angeboren,
Und ist sein Blick so groß wie seine Ohren?«

— Er ist so weise, wie sie Alle sind,
Die Träger des Talars und der Kaputze;
Er weiß, wie ehrfurchtsdumm das Volk und blind,
Und diese Dummheit macht er sich zu Nutze! —

7.

Die Distel sprach zur Rose:
Was bist Du nicht ein Distelstrauch?
Dann wärst Du doch was nütze,
Dann fräßen Dich die Esel auch!

Zur Nachtigall die Gans sprach:
Was bist Du nicht ein nützlich Thier?
Das, Blut und Leben opfernd,
Zum Wohl der Menschen stirbt, wie wir?

Zum Dichter der Philister
Sprach: Was nützt Dein Gesang dem Staat?
Zur Arbeit rühr' die Hände,
Folg' der Philister Thun und Rath!

Philister, Gans und Distel,
Behaltet Euren klugen Rath!
Ein Jeder von Euch treibe
Und thue was er immer that!

Der Eine schafft und müht sich,
Der Andre singt aus voller Brust —
So war es stets und überall
Zu guter Menschen Glück und Lust.

Mirza-Schaffy! wie lieblich
Ist Deiner Weisheitssprüche Klang!
Du machst das Lied zur Rede,
Du machst die Rede zu Gesang!

———

8.

Ich liebe die mich lieben,
Und hasse die mich hassen —
So hab' ich's stets getrieben
Und will davon nicht lassen.

Dem Mann von Kraft und Muthe
Gilt dieses als das Rechte:
Das Gute für das Gute,
Das Schlechte für das Schlechte!

Man liebt was gut und wacker,
Man kos't der Schönheit Wange,
Man pflegt die Saat im Acker —
Doch man zertritt die Schlange.

Unbill an Ehr' und Leibe
Verzeihet nur der Schwache:
Die Milde ziemt dem Weibe,
Dem Manne ziemt die Rache!

9.

Mirza-Schaffy, wo muß ich Dich finden!
Wohin hat sich Dein Fuß verloren?
Wie kommt der Sehende unter die Blinden,
Wie kommt der Weise zu den Thoren?

Ich sprach: Was soll das Wort mir frommen?
Der Weise muß zu den Thoren gehn,
Sonst würde die Weisheit verloren gehn,
Da Thoren nie zum Weisen kommen.

Die Ihr so groß und klug Euch däuchtet,
Mögt Ihr das Eine doch bedenken:
Die Sonne selbst, wenn sie uns leuchtet,
Muß ihren Strahl zur Erde senken!

————

Ein Jegliches hat seine Zeit,
Ein Jegliches sein Ziel —
Wer sich der Liebe ernst geweiht,
Der treibt sie nicht als Spiel.

Wer immer singt und immer flennt
Von Liebesglück und Schmerz,
Dem fehlt was er am meisten nennt,
Dem fehlt Gemüth und Herz.

11.

Der Fromme liebt das Schaurige,
Der Leidende das Traurige,
Der Hoffende das Künftige,   .
Der Weise das Vernünftige.

———

12.

Ein graues Auge
Ein schlaues Auge;
Auf schelmische Launen
Deuten die braunen;
Des Auges Bläue
Bedeutet Treue;
Doch eines schwarzen Aug's Gefunkel
Ist stets, wie Gottes Wege, dunkel!

13.

Sollst Dich in Andacht beugen
Vor jenem hohen Geist,
Von dem die Werke zeugen,
Die er Dich schaffen heißt.

Der, was Du je vollbracht,
Und was Dir je gelungen,
Urbildlich vorgedacht,
Urbildlich vorgesungen!

Der Dich belohnt für das,
Was sinnvoll Du bereitest —
Und straft, wenn Du das Maß
Des Schönen überschreitest.

Wer diese Strafe nie,
Nie diesen Lohn empfunden,
Dem hat die Poesie
Den Lorbeer nicht gewunden!

Ich hasse das süßliche Reimgebimmel,
Das ewige Flennen von Hölle und Himmel,
    Von Herzen und Schmerzen,
    Von Liebe und Triebe,
    Von Sonne und Wonne,
    Von Lust und Brust,
    Und von alledem
Was allzu verbraucht und gemein ist,
    Und weil es bequem,
    Allen Thoren genehm,
Doch vernünftigen Menschen zur Pein ist.

————————

15.

Wenn die Lieder gar zu moscheenduftig
    Und schaurig wehn —
Muß es im Kopfe des Dichters sehr ideenluftig
    Und traurig stehn.

———————

Wo sich der Dichter versteigt in's Unendliche,
　　Lege sein Liederbuch schnell aus der Hand, —
Vieles gemeinem Verstand Unverständliche
　　Hat seinen Urquell im Unverstand.

17.

Der kluge Mann schweift nicht nach dem Fernen
    Um Nahes zu finden,
Und seine Hand greift nicht nach den Sternen
    Um Licht anzuzünden.

———

Sänger giebt es, die ewig flennen,
In erkünsteltem Gram sich strecken,
  Wimmern als ob sie stürben vor Schmerzen,
Ewig in falschen Gefühlen entbrennen,
Weil sie das rechte Gefühl nicht kennen,
  Und darum auch in anderer Herzen
Keine rechten Gefühle wecken.
Hüt' Dich vor solcher schwindelnden Richtung,
Vor des Geschmacks und Verstandes Vernichtung!
  Frisch und ureigen
  Mußt Du Dich zeigen,
Wie im Gefühle, so in der Dichtung.

———————

19.

Meide das süßliche Reimgeklingel,
 Wenn Dir der Sinn nicht zum Herzen bringt —
Merke Dir, daß oft der gröbeste Schlingel
 Die allerzärtlichsten Verse singt.

———

Wer in Bildern und Worten in Liebestönen
Zu überschwänglich ist,
Zeigt, daß er dem Geiste des wahrhaft Schönen
Selbst unzugänglich ist.

21.

Willſt Du den Geiſt im Geſang erſpüren
Und Dich erfreuen an ſeinem Duft:
Laß Dich nicht von eitlem Klang verführen,
Suche der Erde Gold nicht in der Luft.

—

Wer nicht vermag seine Lieder zu schöpfen
   Aus der eigenen Brust und der wirklichen Welt,
Der gehört selbst zu den hirnlosen Köpfen,
   Denen sein hirnloses Lied gefällt.

23.

Gute Witze wollen erdacht sein.
Gute Verse wollen gemacht sein.

Ein guter Witz darf nie
Zu sehr in's Breite gehn,
Soll nicht die Poesie
Selbst in die Weite gehn.

– – –

24.

Such' keine Weisheit und Erfahrung
In alter Bücher Staub vertieft —
Die allerbeste Offenbarung
Ist: die aus erster Quelle trieft!

Vergebens wird die rohe Hand
Am Schönen sich vergreifen,
Man kann den einen Diamant
Nur mit dem andern schleifen.

26.

Worin besteht, Mirza-Schaffy,
Der Zauber Deiner Poesie?

Daß Du in Allem wahr bist
Und die Natur zu wahren weißt;
Daß Du in Allem klar bist
Und Wort und Sinn zu paaren weißt.

Daß Du nur nach dem Rechten greifst,
Und Alles recht betrachtest —
Daß Du nur Diamanten schleifst,
Und Kiesel nicht beachtest!

Es ist leicht, eine kluge Grimasse zu schneiden
    Und ein kluges Gesicht,
Und gewichtig zu sagen: Dies mag ich leiden
    Und Jenes nicht!

Und weil ich Dies leiden mag, so muß es gut sein,
    Und Jenes nicht —
Vor solchen Leuten mußt Du auf der Hut sein
    Mit Deinem Gedicht!

———

28.

Wer seine Augen stets am rechten Orte hat,
Zum rechten Sinne stets die rechten Worte hat,
Der ist der wahre Dichter, der den Schlüssel,
Den rechten Schlüssel zu der rechten Pforte hat!

29.

Der Rose süßer Duft genügt,
Man braucht sie nicht zu brechen —
Und wer sich mit dem Duft begnügt,
Den wird ihr Dorn nicht stechen!

30.

Als ich der Weisheit nachgestrebt
Kam ich den Thoren töricht vor, —
Und klug, da ich wie sie gelebt —
Für weise hält sich nur der Thor!

31.

Zu des Verstandes und Witzes Umgehung
Ist nichts geschickter als Augenverdrehung.

32.

Wer Alles auf's Spiel gesetzt,
Hat sicher zu viel gesetzt.

33.

Des Zornes Ende ist der Neue Anfang.

Tiflis.

——— — — —

Verschiedene.

Im Wasser wogt die Lilie, die blanke, hin und her,
Doch irrst Du, Freund, sobald Du sagst, sie schwanke hin und her!
Es wurzelt ja so fest ihr Fuß im tiefen Meeresgrund,
Ihr Haupt nur wiegt ein lieblicher Gedanke hin und her.

Platen.

1.

Wodurch ist Schiras wohl, die Stadt
　　Berühmt mit Ros' und Wein geworden?
Wodurch berühmt der Roknabad,
　　Berühmt Mosella's Hain geworden?

Nicht ihre Schönheit war der Grund,
　　Viel Schöneres auf Erden giebt es —
Sie sind berühmt durch Dein Gedicht,
　　Durch Dich, Hafis! allein geworden!

Das Bonzenthum hast Du gestürzt,
　　Und Schiras' Ruhm hast Du gegründet —
Es ist durch Dich das Kleine groß,
　　Durch Dich das Große klein geworden!

Verherrlicht hast Du Stadt und Hain,
　　Verschönt den Strom und seine Ufer —
Durch Dich ist jeder Stein der Stadt
　　Zu einem Edelstein geworden!

Auch Tiflis ist an Schönheit reich,
　Hat Rosen, Wein und schmucke Mädchen —
Und durch Dich selbst, Mirza-Schaffy,
　Ist auch ein Sänger sein geworden!

Drum soll, was Schiras durch Hafis,
　Tiflis durch Deine Lieder werden —
Denn aller Zubehör ist Dir
　Im herrlichsten Verein geworden.

Die stromdurchrauschte Gartenstadt,
　Umragt von himmelhohen Bergen,
Und was darinnen blüht und lebt,
　Mirza-Schaffy! ist Dein geworden!

Ihr schönen Mädchen (merkt Euch das!)
　Gehört jetzt mir und meinem Liebe!
Mein sind nun Augen, Wang' und Mund,
　Sammt ihrem Glanz und Schein geworden!

Zum Paradiese wird mein Lied
　Für Schönheit, Blumen, Wein und Liebe —
Was eingeht in dies Paradies,
　Ist aller Sünden rein geworden!

Doch eine Hölle wird es sein
　　Für Bonzen, Kuß- und Weinverächter —
Für dies Geschlecht ist jeder Vers
　　Zur Stätte ewiger Pein geworden!

So soll durch alle Lande nun,
　　Mirza-Schaffy! Dein Lied ertönen —
Für alles schöne Sein und Thun
　　Ist es ein Wiederschein geworden!

*　　*　　*

Du sandtest Deine Jünger aus,
　　Und es geschah, wie Du verheißen:
Berühmt ist Tiflis durch Dein Lied
　　Vom Kyros bis zum Rhein geworden!

—

2.

Die schönen Mädchen von Tiflis
Die lieben Schmuck und Zier:
Ein Diadem die Stirne
Schmückt jeder jungen Dirne;
Von Sammt und Seide schier
Muß Beinkleid und Gewand sein,
Buntfarbig jedes Band sein,
Die Füßchen fein beschuht,
Und blendendweiß die Tschadren*) —
Man darf darob nicht had'ren!
Es steht den Mädchen gut!

Die schönen Mädchen von Tiflis
Sind ganz nach meinem Sinn!
Ich will die Schönen in
Ureigener Gestalt sehn,
Die fremden Schmucks entbehrt,
Oder von Schmuck umwallt sehn,
Der ihrer Schönheit werth!
Ein Weib das sich nicht kleiden kann,
Mag schön auch die Gestalt sein,
Ist, was kein Dichter leiden kann,
Und sollt' er noch so alt sein!

*) Tschadra (georgisch) ein den ganzen Körper verhüllender Ueberwurf.

3.

Mirza-Schaffy, leichtsinnig Flatterherz!
Du wechselst Deine Liebe wie die Lieder.

— Es lieben mich die Frauen allerwärts,
Und da, wo ich geliebt bin, lieb' ich wieder! —

————

Sie hielt mich auf der Straße an
Und fragte: »kannst Du schreiben? — Ja! —
»So schreib mir einen Talisman!«
— Wird der Dein Weh vertreiben? — »Ja!«

Ich griff sofort zum Kalemban.
»Komm — sprach sie — treten wir ins Haus,
Dort schreibst Du mir den Talisman!«
— Und darf dann bei Dir bleiben? — »Ja!«

Mit ihr ins Haus trat ich alsdann . . . .
Mirza - Schaffy, es währte lang!
Doch: schriebst Du ihr den Talisman?
Und half Dein langes Bleiben? — Ja! —

Schlag die Tschadra zurück! Was verhüllst Du Dich?
Verhüllt auch die Blume des Gartens sich?
Und hat Dich nicht Gott, wie der Blume Pracht
Der Erde zur Zierde, zur Schönheit gemacht?
Schuf er all diesen Glanz, diese Herrlichkeit,
Zu verblühen in dumpfer Verborgenheit!

Schlag die Tschadra zurück! Laß alle Welt seh'n,
Daß auf Erden, wie Du Kind, kein Mädchen so schön!
Laß die Augen herzzündende Funken sprüh'n,
Laß die Lippen in rosigem Lächeln glüh'n,
Daß Dich, Holde, kein anderer Schleier umschwebt,
Als mit dem Dich das Dunkel der Nächte umwebt!

Schlag die Tschadra zurück! Solch ein Antlitz sah
Nie zu Stambul das Harem des Padischah —
Nie säumte zwei Augen so groß und klar
Der langen Wimpern seidnes Haar —
Drum erhebe den Blick, schlag die Tschadra zurück!
Dir selbst zum Triumphe, den Menschen zum Glück!

———————

L OF C

7*

6.

Daß Du am Abend zu mir kommst,
  Wird sehr zu Deinem Frommen sein.
Wenn Du am Morgen lieber kommst,
  Es soll Dir unbenommen sein —
Komm' Du zu irgend einer Zeit,
  Wirst allezeit willkommen sein!

Es hat der Schach mit eigner Hand
Ein Manifest geschrieben,
Und alles Volk im Farsenland*)
Ist staunend stehn geblieben.

»Wie klug der Sinn, wie schön das Wort!«
So scholl es tausendtönig —
Man jubelt hier, man jubelt dort:
»Heil, Heil dem Farsenkönig!«

Mirza - Schaffy verwundert stand,
Das Schreien war ihm widrig;
Er sprach: Denkt man im Farsenland
Von Königen so niedrig?

Stellt man so tief im Farsenland
Der Fürsten Thun und Treiben,
Daß man erstaunt, wenn mit Verstand
Sie handeln oder schreiben?

*) Farsenland — Persien. Die Perser nennen sich selbst Farsi.

———

Dies soll Euch jetzt als neuestes Gebot
    Verkündigt werden:
Es soll auf Erden nicht mehr ohne Noth
    Gesündigt werden!

Wo nicht ein süßer Mund, ein schönes Auge
    Verlangen weckt —
Da soll den Sündern alle Gnade nun
    Gekündigt werden!

Jedweder Mund, der sich in schlechten Küssen
    Versündigt hat,
Kann nur durch eine Flut von echten Küssen
    Entsündigt werden!

9.

Ist ein Witz Dir zur rechten Stunde gekommen,
 So antwortet Jeder, den Du nie gefragt hast:
Du hast mir das Wort aus dem Munde genommen,
 Oft hab' ich gedacht, was Du mir gesagt hast!

Mirza-Schaffy, das ist Dein Geschäft so,
 Was die Andern denken, das schreibt Deine Hand —
Manch kernigen Witz umschließt jedes Heft so,
 Und all' Deine Witze sind einzig im Land!

Nach einem hohen Ziele streben wir,
  So ich wie Du!
Uns in Gefangenschaft begeben wir,
  So ich wie Du!
In mein Herz sperr' ich Dich — Du mich in Deines,
Getrennt und doch vereint so leben wir,
  So ich wie Du!
Dich fing mein Witz — und mich Dein schönes Auge,
Und wie zwei Fisch' am Angel schweben wir,
  So ich wie Du!
Und doch den Fischen ungleich — durch die Lüfte
Uns wie ein Adlerpaar erheben wir,
  So ich wie Du!

11.

So singt Mirza-Schaffy: wir wollen sorglos
 In der Gefahr sein —
Im Bund mit Wein, mit Rosen und mit Frauen
 Des Kummers baar sein!

Mag Heuchelei mit Hochmuth sich verbünden,
 Bosheit mit Dummheit —
Wir aber wollen eine geisterles'ne
 Geweihte Schaar sein!

Vorläufer der Erlösung, Tempelstürmer
 Des Aberglaubens —
Verkündiger der Wahrheit, die einst Allen
 Wird offenbar sein!

Ein Schwert ist unser, schärfer als das schärfste
 Schwert von Damaskus —
Und wo es trifft, da wird geheilt den Blinden
 Der schwarze Staar sein!

Wir reißen Sonne, Mond und Sterne nieder,
Es soll ihr Feuer
Im Liede glühn, und Opferflamme auf der
Schönheit Altar sein!

So wandeln wir einher mit froher Botschaft,
Und nichts hinfort
Soll uns Verfängliches, als schöne Augen
Und schönes Haar sein!

———

»Endlich wird es mir zuwider
  Dieses ew'ge Minnespiel!
Immer hallen Deine Lieder
Nur von Wein und Liebe wieder,
  Was zuviel ist, ist zuviel!«

— Kannst Du Besseres mir geben?
  Zeige mir den Weg, das Ziel;
Gut, weiß ich, ist all mein Streben,
Und in diesem Jammerleben
  Ist des Guten nie zuviel! —

———————

13.

Die Geschichte von der schönen Chanin Fatme.

Es schaute aus üppigem Frauengemach
Die schöne Chanin den Hof entlang,
Wo unter schattigem Blätterdach
Aus Marmor hoch die Fontäne sprang —
Es war unter allen Haremsfrauen
So schön wie Fatme keine zu schauen:
Das Auge so groß, so klein der Mund,
Der Wuchs so schlank, der Arm so rund —
Wer sie sah, blieb im Zauber verloren,
Sie war zum Bezaubern geboren.

Urplötzlich ein Schrei ihren Lippen entfuhr,
Und das Auge war wie umnachtet:
Sie sah, wie unten im Hausesflur
Ein Sklav ein Lämmlein schlachtet —
Die Chanin stand in Thränen zerflossen,
Als würde ihr eigenes Herzblut vergossen.

Und wie sie noch so wehmuthsvoll
Für das arme Lämmlein litt, —
Mit gekreuzten Armen und demuthsvoll
Zu ihr eine Sklavin tritt,
»Hat das Gift gewirkt?« fragt Fatme schnell —
Die Sklavin nickt und zittert —
Doch der Chanin Auge blickt wieder hell:
»Der hab' ich die Freude verbittert!
Nun mag er sich winden und grämen,
Ich will mich der That nicht schämen!
Selbst lieber wollt' ich todt sein,
Als von solcher Buhlin bedroht sein!
Warum hat er sie hergebracht,
Daß sie mein Glück verscheuchte —
Ich will, daß in der Haremsnacht
Nur ein Gestirn ihm leuchte!«

Und sie wischt aus dem Auge die Thräne,
Blickt rachegesättigt und munter
In den schattigen Hofraum hinunter.
Im Hofe springt die Fontäne,
Und wirft ihren blitzenden Silberstaub
Bis hoch an der Bäume grünes Laub.

Es lag so schwül und schwer in der Luft,
Von ferne zog ein Gewitter her —
Aus den Bäumen weht' es wie Grabesduft,
Und auch der Chanin ward schwül und schwer.
Sie wankte dem weichen Lager zu,
Sie suchte Ruh und fand nicht Ruh.

Sie barg in den Polstern ihr heiß Gesicht,
Sie wollte schlafen und konnte nicht.

———

Zum Divan der Veziere mußt' ich kommen,
  So war des Schah's Befehl —
Mirza! jetzt sag' ob dem, was Du vernommen,
  Dein Urtheil ohne Hehl!

Ich sprach: ich will Dir sagen, was ich fühle,
  Ich mach' es Dir kein Hehl!
Ich höre das Geklapper einer Mühle,
  Doch sehe ich kein Mehl!

15.

Mirza-Schaffy! liebliche Biene,
Lange bist Du umhergeflogen,
Hast von Rosen und Jasmine
Nektar und süße Düfte gesogen;
Höre jetzt auf zu wandern
Von einer Blume zur andern —
Kehr' mit dem Gefieder
Deiner duftigen Lieder,
Kehr' mit all' Deinem Honigseim
Heim, zur Geliebten heim!

Mirza-Jussuf.

حَ

In der Kritik macht man die Probe,
Verse in Prosa aufzulösen, und nimmt
den Grundsatz an, daß, was in Prosa
Unsinn ist, es auch in Versen sein müsse.
Herder.

1.

Eine alte Geschichte in neue Reime gebracht.

————

Es hat Mirza-Juſſuf ein Lied geſchrieben
Von zweier Menſchen Sehnen und Lieben:
Wie ſie erſt in Wünſchen und Hoffen geſchwommen,
Dann wild für einander entbrannt ſind —
Wie Beide erſt um ihr Herz gekommen,
Dann gekommen um ihren Verſtand ſind —
Wie das Schickſal Beide getrennt hat,
Ganz rein und unverſchuldet —
Wie er für ſie geſlennt hat,
Und ſie für ihn geduldet.
Dazwiſchen kommt viel Mondenſchein,
Viel traurig Sterngefunkel,
Und kluge Quellen murmeln drein
Im grauſigen Waldesdunkel.
Dann wird ein kühner Sprung gemacht,
Man glaubt ſie werden zuſammengebracht —

8*

Da naht das Schicksal trüb und schwer
Und wirft sie wieder hin und her.
Er trägt sein Loos in Demuth,
Sie harrt und hofft — er seufzt und flennt,
Wie man das schon von Alters kennt.
So schwimmen sie Beide in Wehmuth,
Bis Allah's Herz gerührt wird
Von dem vielen Flennen und Leiden,
Und das Paar zusammengeführt wird
Um nimmermehr zu scheiden.

2.

Gemüthlich nennt ihr diesen Dichter?
Ja, ja! in seinen Versen spricht er
Viel von Gemüth, ist fromm und zart,
Ein keuscher Joseph ohne Bart.
Drum hält die Welt ihn auch gewöhnlich
Für so gemüthlich; — doch persönlich
Ist er ein Schlingel eig'ner Art,
Ein Grobian von unten bis nach oben.
Und das ist noch zumeist an ihm zu loben!
Wär' er so zart wie seine Lieder,
So ohne Sinn:
Wär' mir der Kerl noch mehr zuwider
Als ohnehin.

3.

Seht Mirza-Juſſuf an, wie er geſpreizt einhergeht:
So faltet er die Stirn, wenn er gedankenſchwer geht.
Er findet Alles ſchlecht, ſich ſelbſt nur gut und löblich,
Und ſchimpft auf alle Welt, weil ſie nicht geht wie er geht!

Es iſt die Art des Ochſen, daß er einen ſchweren Gang hat,
Und daß ſein Brüllen ſtets unangenehmen Klang hat —
Doch: giebt ihm das ein Recht, die Nachtigall zu ſchmähen,
Weil ſie ſo leicht Gefieder und wunderſüßen Sang hat?

Was Mirza-Juffuf doch
Ein kritischer Gesell ist!
Der Tag gefällt ihm nicht,
Weil ihm der Tag zu hell ist.

Er liebt die Rose nicht,
Weil Stachel sie und Dorn hat,
Und liebt den Menschen nicht,
Weil er die Nase vorn hat!

Er tadelt Alles rings,
Was nicht nach seinem Kopf ist —
Merkt Alles in der Welt,
Nur nicht, daß er ein Tropf ist!

So liegt er immer mit
Natur und Kunst im Kampf,
So treibt es Tag und Nacht ihn
Durch blauen Dunst und Dampf!

Mirza-Schaffy belacht ihn
Mit schelmischem Gesicht,
Und macht aus seiner Bitterkeit
Das süßeste Gedicht!

———————

5.

Laß, Mirza-Juffuf, Dein Schmollen jetzt!
Ich bin zu munter, um Dir zu grollen jetzt!
Statt Haß auszusäen, wie Du es thust,
Schlürf ich ein meinen Becher, den vollen, jetzt.

Schon genug bist Du bestraft in der Welt hier,
Daß nichts Dir behagt, nichts gefällt hier —
Und ist doch für Jeden, der zu genießen weiß,
Alles so herrlich gemacht und bestellt hier!

Was ist doch Mirza-Juſſuf ein vielbeleſ'ner Mann!
Bald lieſt er den Hafis, bald lieſt er den Koran,
Bald Dſhami und Chakani, und bald den Güliſtan.
Hier ſtiehlt er ſich ein Bild, und eine Blume dort,
Hier einen ſchönen Gedanken, und dort ein ſchönes Wort.
Was ſchon geſchaffen iſt, das ſchafft er wieder um,
Die ganze Welt ſetzt er in ſeine Lieder um,
Und hängt zu eig'nem Schmuck fremdes Gefieder um,
Damit macht er ſich breit und nennt das Poeſie.

Wie anders dichtet doch und lebt Mirza-Schaffy!
Ein Leuchtſtern iſt ſein Herz, ein Garten ſeine Bruſt,
Wo Alles glüht und duftet von friſcher Blüthenluſt.

Und bei des eig'nen Schaffens urwüchſiger Gewöhnung
Vergißt er auch den Klang, die Formvollendung nicht;
Doch überſieht er ob der Reime ſüßer Tönung,
Des Dichters eigentliche, erhab'ne Sendung nicht.
Den Mangel an Gehalt erſetzt ihm die Verſchönung
Des Lieds durch Blumenſchmuck und feine Wendung nicht.
Für Schlechtes und Gemeines bekehrt ihn zur Verſöhnung
Des Wortes Flitterſtaat, die Form und Endung nicht.

———————

Lieber Sterne ohne Strahlen,
Als Strahlen ohne Sterne —
Lieber Kerne ohne Schalen,
Als Schalen ohne Kerne —
Geld lieber ohne Taschen,
Als Taschen ohne Geld —
Wein lieber ohne Flaschen,
Als umgekehrt bestellt!

———

Hafisa.

Lieb' ohne Lust — welch' eine Pein!
Lust ohne Liebe — wie gemein!
Die Beiden aber in Verein
Gewähren uns das höchste Sein.

Daumer.

1.

O, wie mir schweren Dranges
Das Herz im Leibe bebt,
Wenn sie so leichten Ganges
An mir vorüber schwebt!

Herab vom Rücken weht
Ein blendend weißer Schleier;
Durch ihre Augen geht
Ein wunderbares Feuer;
Die schwarzen Locken wühlen
Um ihres Nackens Fülle;
Der Leib, der Busen fühlen
Sich eng in ihrer Hülle.
All überall Bewegung,
All überall Entzücken,
Daß sich in toller Regung
Die Sinne mir berücken,
Daß wunderbaren Dranges
Das Herz im Leibe bebt,

Wenn sie so leichten Ganges
An mir vorüber schwebt!
Narzissen blüh'n und Rosen
Am himmelblauen Kleide,
Darunter flammen Hosen
Von feuerrother Seide —
Die kleinen, zarten Füße,
Die weichen, feinen Hände,
Der Mundrubin, der süße,
Der Zauber ohne Ende!

O, wie mir schweren Dranges
Das Herz im Leibe bebt,
Wenn sie so leichten Ganges
An mir vorüber schwebt!

2.

Das Lied von der Schönheit.

———

Ich sang auf dem Basar
  Ein Lied von Deiner Schöne,
Und wer es hörte, war
  Entzückt von Deiner Schöne.

Tartaren, Perser, Kurden
  Und Haïks *) schlaue Söhne,
Moslem und Christen wurden
  Gerührt von Deiner Schöne.

Es waren Sänger dorten,
  Die merkten Sinn und Töne,
Und singen jetzt allerorten
  Das Lied von Deiner Schöne.

*) Armenier.

Der Schleier ist zerrissen,
  Daß sich Dein Blick gewöhne,
Denn alle Leute wissen
  Das Lied von Deiner Schöne.

Und flieht Dein Reiz — o, daß dies Wort
  Im Alter Dich versöhne!
Man singt doch fort und immerfort
  Das Lied von Deiner Schöne!

————

Wenn zum Tanz die jungen Schönen
　Sich im Mondenscheine dreh'n,
Kann doch keine sich so lieblich
　Und so leicht wie meine dreh'n!

Daß die kurzen Röcke flattern,
　Und darunter, roth bekleidet,
Leuchtend wie zwei Feuersäulen
　Sich die schlanken Beine dreh'n!

Selbst die Weisen aus der Schenke
　Bleiben steh'n vor Lust und Staunen,
Wenn sie spät nach Hause schwankend
　Sich berauscht vom Weine dreh'n!

Auch der Muschtahid*), der fromme,
　Mit den kurzen Säbelbeinen,
Spricht: so lieblich wie Hafisa
　Kann im Tanz sich keine dreh'n!

---

*) Oberpriester der Schiiten.

Ja, vor dieser Anmuth Zauber,
  Vor Hafisa's Tanzesreigen,
Wird sich noch berauscht die ganze
  Gläubige Gemeine dreh'n!

Und was in der Welt getrennt lebt
  Durch verjährten Sektenhader,
Wird sich hier versöhnt mit uns in
  Liebendem Vereine dreh'n!

O, Mirza-Schaffy! welch Schauspiel,
  Wenn die alten Kirchensäulen
Selber wanken, und sich taumelnd
  Um Hafisa's Beine dreh'n!

4.

Neig', schöne Knospe! Dich zu mir,
Und was ich bitte, das thu' mir!
  Ich will Dich pflegen und halten;
Du sollst bei mir erwarmen,
Und sollst in meinen Armen
  Zur Blume Dich entfalten!

———

5.

Ei Du närrisches Herz,
Das Dich klagend gebeugt hast!
Du bejammerst den Schmerz,
Den Du selber erzeugt hast!
Du verzweifelst in Gefahr heut,
Und suchst selbst doch die Gefahr!
Und ich kenne Deine Narrheit,
Und bin selbst ein solcher Narr!

6.

Ein Blick des Aug's hat mich erfreut —
Der Zauber dieses Augenblicks
Wirkt immerfort in mir erneut
Ein leuchtend Wunder des Geschicks.

Drum eine Frage stell' ich Dir,
Horch huldvoll auf, mein süßes Leben:
Galt jener Blick des Auges mir,
So magst Du mir ein Zeichen geben!

Und darf ich Deinem Dienst mich weih'n,
Und bist Du meinem Arm erreichbar:
So wird mein Herz voll Jubel sein,
Und meiner Freude nichts vergleichbar!

Dann leb' ich fort durch alle Zeit
Im Wunderleuchten des Geschicks,
Den Augenblick der Seligkeit,
Die Seligkeit des Augenblicks!

————

7.

Es ragt der alte Elborus
So hoch der Himmel reicht;
Der Frühling blüht zu seinem Fuß,
Sein Haupt ist schneegebleicht.

Ich selbst bin wie der Elborus
In seiner hehren Ruh,
Und blühend zu des Berges Fuß
Der schöne Lenz bist Du!

8.

Auf dem Dache stand sie als ich schied,
  Mit Gewand und Locken spielt der Wind —
Sang ich scheidend ihr mein letztes Lied:
  Nun leb' wohl, Du wundersüßes Kind!
    Muß von dannen gehn,
    Doch auf Wiedersehn
  Wenn das Hochzeitsbett bereitet steht!

Ein Kameel beladen bring' ich Dir,
  Reichen Stoff zu Kleidern und Schalwär*),
Aechte Chenna**) zu der Finger Zier,
  Schmuck und Narben für Dein Ambrahaar,
    Feines Seidenzeug,
    Sammet dick und weich,
  Und die Mutter wird zufrieden sein!

  *) Weite Beinkleider.
  **) Zum Blaufärben der Nägel und Fingerspitzen, was bei den Tataren,
Persern, Armeniern und andern Völkern zur Eleganz gehört.

Auf dem Dache stand sie als ich schied,
  Winkt herab mit ihrer kleinen Hand —
Weht der Wind ihr zu mein Scheidelied,
  Spielt der Wind mit Locken und Gewand;
    Fahre wohl mein Glück!
    Kehre bald zurück,
Wenn das Hochzeitsbett bereitet steht!

9.

Sie sprach: o welch getheiltes Glück
Mirza-Schaffy! ward meinem Leben:
Du hast Dein Herz nun Stück für Stück
Wie Deine Lieder hingegeben —
Was bleibt davon für mich zurück,
Für all mein Lieben, all mein Streben?

Ich sprach: stets ungetheilt erglüht
Und zündend seine Strahlen sprüht
Mein Herz, an ewiger Liebe reich, —
Es ist mein Herz der Sonne gleich,
Der hohen Strahlenspenderin,
Die, ob sie gleich Verschwenderin
Mit ihrem Licht und Glanz ist,
Doch immer schön und ganz ist!

10.

Die alten Sakli's*) von Tiflis,
Ich kann sie kaum wiedererkennen,
Wie sie im Mondenstrahle
So prachtvoll glitzern und brennen.

Die jungen Mädchen von Tiflis,
Ich kann sie kaum wiedererkennen,
Wie sie so kalt und finster
An mir vorüberrennen.

Mirza-Schaffy! Dich selber
Kann man kaum wiedererkennen,
Seit Du und Deine Hafisa
Sich Mann und Weibchen nennen!

*) So heißen die gewöhnlich halb unterirdischen Häuser der Georgier und Tataren.

11.

Es kommen die Missionäre
Zu uns vom Abendlande,
Und predigen fromme Märe
In schwarzem Bußgewande:

Wie alle Welt verdorben,
Versunken ganz im Bösen,
Und wie der Christ gestorben,
Die Menschen zu erlösen.

»Wir wurden auserkoren
Die Märe zu verbreiten;
Wer zweifelt, ist verloren
Für alle Ewigkeiten!«

»Ihr wandelt dunkle Wege,
Wir führen Euch zur Klarheit.«
— Doch: wer giebt mir Belege
Für Eurer Worte Wahrheit?

Ich komme nicht zu Ende
Im Guten wie im Bösen,
Wenn nicht Hafisa's Hände
Die dunklen Zweifel lösen.

Du schöne Missionärin!
Lehr' Du mich Religion:
Bei Dir liegt die Gewähr in
Dem Blick des Auges schon.

———

12.

Sie meinten ob meiner Trunkenheit
Und gänzlichen Versunkenheit:
   Ich fände kein Erbarmen . . .

O, ewig möcht' ich trunken sein,
Und ewig ganz versunken sein
   In Deinen weißen Armen!

————

Soll mich bekehren, weil ich nicht
Im richtigen Geleise bin,
Derweil ich gänzlich festgebannt
  In Deinem Zauberkreise bin.

Sie zeigen mir den Himmelsweg
Und warnen mich vor falscher Bahn,
Derweilen ich zum Paradies
  Längst fertig mit der Reise bin.

Sie preisen ihren Himmel hoch
Und machen viel Geschrei davon,
Derweilen ich im höchsten Glück
  Verschwiegen ganz und leise bin.

Die Nachtigall ist Sünderin,
Weil sie nicht wie der Rabe krächzt —
Ich bin verdammt — weil ich beglückt
  In meiner eignen Weise bin.

———

14.

Jussuf und Hafisa.

——————

Von Jussuf im Egypterland,
Dem lieblichsten der Menschensöhne,
Heißt es: ihm gab Jehovah's Hand
Die Hälfte aller Erdenschöne!

Als Jussuf nun gestorben war,
Hub seine Schönheit an zu wandern
Und wanderte wohl manches Jahr
Von einem Lande zu dem andern.

Denn dieses war ihr Schicksalswort:
Nur dort sollst Du in Zukunft thronen,
Wo Dir zur Pflege, Dir zum Hort
Bescheidenheit und Anmuth wohnen.

An manche Thüre klopft sie an,
Bei Armen, wie im Prunkpalaste —
Und gerne ward ihr aufgethan,
Doch nirgend blieb sie gern zu Gaste:

Bis sie bei Dir, Du süße Maid,
Ein heimatliches Dach gefunden,
Wo Anmuth und Bescheidenheit
Sie nun für alle Zeit gebunden.

Nachklänge

aus der

Schule der Weisheit.

10

Und dann auch soll, wenn Enkel um uns trauern,
Zu ihrer Lust noch unsre Liebe dauern.

Goethe.

1.

Gelb rollt mir zu Füßen der brausende Kur*)
Im tanzenden Wellengetriebe;
Hell lächelt die Sonne, mein Herz und die Flur —
    O, wenn es doch immer so bliebe!

Roth funkelt im Glas der kachetische Wein,
Es füllt mir das Glas meine Liebe —
Und ich saug' mit dem Wein ihre Blicke ein —
    O, wenn es doch immer so bliebe!

Die Sonne geht unter, schon dunkelt die Nacht,
Doch mein Herz, gleich dem Sterne der Liebe,
Flammt im tiefsten Dunkel in hellster Pracht —
    O, wenn es doch immer so bliebe!

In das schwarze Meer Deiner Augen rauscht
Der reißende Strom meiner Liebe;
Komm, Mädchen! es dunkelt und Niemand lauscht —
    O, wenn es doch immer so bliebe!

    *) Kur, gleich Kyros.

2.

Die helle Sonne leuchtet
   Auf's weite Meer hernieder,
Und alle Wellen zittern
   Von ihrem Glanze wieder.

Du spiegelst Dich, wie die Sonne
   Im Meere meiner Lieder!
Sie alle glühn und zittern
   Von Deinem Glanze wieder!

————

Ich fühle Deinen Odem
  Mich überall umwehn —
Wohin die Augen schweifen,
  Wähn' ich Dein Bild zu sehn!

Im Meere meiner Gedanken
  Kannst Du nur untergehn
Um, wie die Sonne, Morgens
  Schön wieder aufzustehn!

———————

4.

Thu' nicht so spröde, schönes Kind,
Wenn ich noch spät vorübergeh'
Und fasse Dein weiches Händchen lind
Und heimlich einen Kuß erfleh' —

Der Dir so schöne Huldigung
Gebracht in reinem Liebesschmuck,
Der braucht wohl nicht Entschuldigung
Für einen Kuß und Händedruck.

Es wird ein jeder Kuß von Dir
Ein klingend Lied in meinem Mund —
Und jeder Händedruck giebt mir
Zu einem neuen Kusse Grund!

5.

Gott hieß die Sonne glühen
Und leuchten durch alle Welt;
Er hieß die Rose blühen
Auf duftigem Blumenfeld.

Er hieß die Berge sich thürmen
Und über die Lande erheben —
Ließ Winde wehen und stürmen,
Schuf vielgestaltiges Leben.

Er gab den Vögeln Gefieder,
Dem Meere sein ewiges Rauschen;
Mir gab er sinnige Lieder,
Euch Ohren, ihnen zu lauschen!

6.

Und was die Sonne glüht,
Was Wind und Welle singt,
Und was die Rose blüht, —
Was auf zum Himmel klingt
Und was vom Himmel nieder:
Das weht durch mein Gemüth,
Das klingt durch meine Lieder!

7.

Nun laß Deine Klagen, Du finst'rer Gesell!
Denn wenn es noch lange so bliebe,
So würde Dein Herz zur Klosterzell'
Und zum Mönche darin Deine Liebe!

Du nimmst es zu schwer, und sie nimmt es zu leicht,
Da nützt Dir kein Flennen und Härmen;
Glaub's: wenn sich bei Dir mehr Kälte zeigt,
So wird sie sich bald mehr erwärmen!

———

8.

Trink' nie gedankenlos,
Und nie gefühllos trinke —
Mach' Dich nicht allzugroß,
Und nie zu tief versinke
    Wenn vor Dir, goldnen Scheines
    Ein voller Humpen blinkt:
    Der ist nicht werth des Weines,
    Der ihn wie Wasser trinkt!

Es liegt im Wein die Kraft
Des Schaffens, der Zerstörung;
Zur Quelle wird sein Saft
Der Weisheit wie Bethörung —
    Doch, ob er Diesem Reines,
    Und Jenem Trübes bringt:
    Der ist nicht werth des Weines,
    Der ihn wie Wasser trinkt!

Vermischte Gedichte.

Keine Rose ohne Dornen.

1.

Ich glaub' was der Prophet verhieß:
Daß Lohn für gutes Streben wird,
Und uns dereinst im Paradies
Ein wunderbares Leben wird —
Doch Alles Schöne hier und dort
Muß man erkennen lernen,
Will man es sicher immerfort
Vom Schlechten trennen lernen.
Drum üb' ich mich schon in der Zeit
Auf den Genuß der Ewigkeit.
Und sollte des Propheten Wort
(Wer kann darüber klar sein?)
Von ew'gen Himmelsfreuden dort
Nicht wie wir hoffen wahr sein,
So hab' ich doch schon in der Zeit
Ein gutes Theil erkoren,
Und die gewünschte Seligkeit
Ging mir nicht ganz verloren!

2.

Frage und Antwort.

———

»Du hast so oft uns schon gesungen
Wie Deiner Liebsten Wangen sind;
Wie Blumen, frisch im Lenz entsprungen,
Voll Lust und Blüthenprangen sind —
Warum ist nie Dein Lied erklungen
Von Zeiten die vergangen sind?

Auch Helden Deines Stammes waren
An Ruhm und hohen Ehren reich;
Es herrschten Fürsten der Tataren
Einst über alles Russenreich;
Der Tatarchan gebot den Zaren
Und machte sie den Sklaven gleich.

Er flog auf hohem Ruhmesflügel
Bis zu des großen Meeres Strand —
Stieg er zu Roß, hielt ihm den Bügel

Der Russenfürst mit eigner Hand,
Und reicht' ihm demuthvoll den Zügel
Und küßte knieend sein Gewand.

Wohl ziemt's der goldnen Horde Sohn,
Der Väter That im Lied zu ehren,
Und mit des alten Ruhmes Ton
Zu wecken neues Ruhmbegehren!«

Ich sprach: die alten Sagen melden
Von großen und von kleinen Helden,
Die weithin mit der goldnen Horde
Gestreift zu großem Menschenmorde:

Es drückt ein Volk das andre nieder,
Und schwelgt in Siegesruhm und Glück —
Das andre Volk erhebt sich wieder,
Giebt die erlitt'ne Schmach zurück —
So ist's in alter Zeit geschehn,
So kann man's jetzt und immer sehn;
Das ist kein Stoff für meine Lieder.
Erst machte sich der Tatarchan
Das Volk der Russen unterthan;

Dann rächten sich die Russenschaaren
Und unterjochten die Tataren;
Sie haben ihren Lohn dahin!
Was schert es mich, ob Volk und Fürsten
Nach Kriegesruhm und Beute dürsten,
Solch Thun ist nicht nach meinem Sinn.
Ein Jeder bleib' in seinem Kreise,
Ein Jeder thu' nach seiner Weise.
Ich singe nur was mir gefällt,
Und davon giebt es in der Welt
So viel, daß ich mich allezeit
Von dieser Fülle nähren kann,
Und füglich die Vergangenheit
Mit ihrem Glanz entbehren kann.

Sollen gut meine Lieder der Liebe gesungen werden:
Müssen perlende Becher in Liebe geschwungen werden,

Bis die Freude in uns wie eine Sonne aufgeht,
Davon die Sorgen, die Nebel des Geistes, bezwungen
werden.

Rosen netzet der Thau, rosige Lippen der Wein —
So muß der Schönheit Geheimniß errungen werden!

Nur wo Liebe und Witz mit dem Becher sie schleift,
Mag der Schliff echter Versdiamanten gelungen werden,

Daß von der süßen Gewalt ihrer blendenden Glut
Alle fühlenden Herzen in Liebe umschlungen werden!

Also schufst Du Dein Lied, o Mirza - Schaffy!
Wie es geschaffen, so muß es gesungen werden:

Daß vor lauter Entzücken und Wonnegefühl
Närrisch die Alten und — weise die Jungen werden!

————

4.

Wähne Niemand sich den Weisen
Im Genuß des Weins vergleichbar;
Denn was wir im Trunke preisen,
Bleibt den Thoren unerreichbar!

Durch den Wein zum Blumenbeet
Wird die Phantasie verwandelt,
Drin der Odem Gottes weht,
Drin der Geist der Schönheit wandelt.

Blumen blühen uns zu Füßen,
Uns zu Häupten glühen Sterne —
Jene aus der Nähe grüßen,
Diese grüßen aus der Ferne!

Welch ein liebliches Gewimmel!
Freude blüht auf jedem Schritt mir —
Und den ganzen Sternenhimmel,
Sammt den Blumen, trag' ich mit mir!

———

5.

Der Liebende mag schüchtern sein,
Die Schüchternheit wird sich verlieren
   Beim ersten Kusse.

Der Trinkende mag nüchtern sein,
Die Nüchternheit wird sich verlieren
   Beim Weingenusse.

Doch wer nicht frühe Wein und Kuß
   Gelernt zu schätzen:
Dem wird verspäteter Genuß
   Das nicht ersetzen.

––––––––

6.

Fürcht' nicht, daß ich in das Gemeine
Und Rohe mich vertiefe,
So lange ich von gutem Weine
Und guten Witzen triefe.

Von manchem Liebesedelsteine
Der Glanz verborgen schliefe,
Wenn ihn der Duft von gutem Weine
Nicht in das Dasein riefe.

Wo bliebe der höchste Berg, wenn seine
Höhe blos aufwärts liefe?
Zu Füßen wachsen ihm die Weine,
Er hält sich durch die Tiefe!

Und so erkenne Du auch meine
Höhe in meiner Tiefe:
So lang' ich sie bei gutem Weine
Durch guten Witz verbriefe!

Als ich sang: seid fröhlich mit den Frohen,
Beuget Euch nicht knechtisch vor den Hohen,
Seid nicht stolz und herrisch mit den Niedern —
Rühmte man die Weisheit in den Liedern.

Als ich nach der Weisheit wollte handeln:
Sagten sie, das sei ein thöricht Wandeln!

8.

Als ich Schönheit, Lieb' und Wein besungen,
Ist mir tausendstimmig Lob erklungen.

Als ich Schönheit, Lieb' und Wein genossen,
Mir mein Erdendasein zu verschönen:
Hat es plötzlich alle Welt verdrossen,
Hörte ich mich schmähen und verhöhnen.

*   *   *

O Mirza - Schaffy! Du Sohn Abdullah's,
Ueberlaß die Heuchelei den Mullah's!
Folg' im Lieben und im Trinken immer
Schöner Augen, voller Gläser Schimmer!

9.

So sprach ich, als die Heuchler zu mir kamen:
Wer mit sich selber eins, ist eins mit Gott —
Wer aber haßt und flucht in Gottes Namen,
Treibt mit dem Heiligen verweg'nen Spott!

———

10.

Sie glauben mit frommem Hadern
Den Himmel zu verdienen;
Der Zorn schwillt ihre Adern,
Der Haß färbt ihre Mienen.

Das Mordschwert in den Händen
Verlangen sie Glauben und Buße,
Und glauben, sie selber ständen
Mit Gott auf dem besten Fuße.

Ich aber sage Euch daß
Gott ferne solchem Getriebe!
Ungöttlich ist der Haß,
Und göttlich nur die Liebe!

11.

Wer glücklich ist, der ist auch gut:
Das zeigt auf jedem Schritt sich;
Denn wer auf Erden Böses thut,
Trägt seine Strafe mit sich!

Du, der in Deiner frommen Wuth
Des Zorns und Hasses Sklave,
Du bist nicht glücklich, bist nicht gut:
Dein Haß ist Deine Strafe!

———

12.

Wer glücklich ist, der bringt das Glück
Und nimmt es nicht im Leben!
Es kommt von ihm, und kehrt zurück
Zu ihm, der es gegeben!

————

13.

An den Grossvezier.

———

Blick nicht so stolz, o Großvezier!
Man scheut nicht Dich, nur Deine Macht —
Erweist man offen Ehre Dir,
Wirst Du doch heimlich ausgelacht!

O Großvezier, blick nicht so stolz!
Ob auch die Brust von Orden strahlt:
Du bist geschnitzt aus schlechtem Holz,
Mit goldnem Firniß übermalt.

Du rühmst Dich Deines stolzen Scheins,
Gehst hinter'm Sultan ein und aus —
Die Nullen, folgen sie der Eins:
Wird eine große Zahl daraus!

O Großvezier, blick nicht so stolz!
Ob Du auch golden übermalt:
Du bist geschnitzt aus schlechtem Holz,
Hast Glanz, der Dir zur Schande strahlt!

14.

Ich stand einst hoch in Gnade bei dem Schach,
   Der oftmals bitter sich bei mir beklagte,
   Daß ihm kein Mensch so recht die Wahrheit sagte.
Ich dachte ob dem Sinn der Worte nach,
   Und fand, daß er mit gutem Grunde klagte.
   Doch als ich ihm so recht die Wahrheit sagte,
Verbannte mich von seinem Hof der Schach.

*   *   *

Wohl giebt es Fürsten
Die nach Wahrheit dürsten,
Doch wenigen ward ein so gesunder Magen
Sie zu vertragen.

15.

Was Gott uns gab hienieden,
Das nennt man hier die Zeit;
Was jenseits uns beschieden,
Benennt man Ewigkeit.

Zum Unglück oder Glücke
Bereitet uns die Zeit —
Der Tod schlägt dann die Brücke
Zur blauen Ewigkeit.

Harrt unsrer Böses, Gutes,
Wenn wir einst scheiden hier?
Ich bin ganz frohen Muthes,
Und spreche selbst zu mir:

Wer in der Zeit vernünftig,
Ist glücklich in der Zeit,
Und wird so bleiben künftig
In alle Ewigkeit!

16.

Nachts kam im Traum zu mir ein Engel,
Der hatte vom Himmel den Abschied bekommen:
Weil er, voll lauter irdischer Mängel,
Das Himmelreich für die Erde genommen.

Gott sprach zu ihm am Tag des Gerichtes:
Was man einmal ist, das muß man ganz sein;
Im Himmel himmlischen Angesichtes
Muß man voll lauter himmlischem Glanz sein.

Die Erde hat Wein, Gesang und Liebe, —
Der Himmel hat seinen himmlischen Segen.
So lange Dein Herz voll irdischer Triebe,
Sollst Du der irdischen Freuden pflegen!

Wer nicht im Leben erstrebt das Beste
Was meine Gnade bereitet auf Erden,
Dem bleiben zu viele irdische Reste,
Der kann auch im Himmel nicht glücklich werden!

17.

Freundschaft.

— · ·

Mirza-Schaffy kam einst auf einer Reise
Zu einem reichen Mann. Da sprach der Weise:
Ich will Dein Gast für heut und Morgen bleiben,
Hilf mir die Zeit nun angenehm vertreiben;
Bereit' ein Fest, lad' gute Freunde ein,
Wir wollen froh und guter Dinge sein!
— Ich habe keine Freunde! — sprach der Mann.
Mirza-Schaffy sah ihn verwundert an:
So darf ich nicht Dein Dach zum Obdach wählen,
Dem selbst beim Reichthum gute Freunde fehlen!
Er schüttelte den Staub von seinen Füßen,
Verließ den Reichen, ohne ihn zu grüßen,
Sprach: Wem der Himmel keinen Freund beschert,
Weh ihm! der Mann ist keines Grußes werth.

18.

Laß den Muckern ihre Tugend,
Was daran ist, Herr, Du weißt es;
Nur erhalte mir die Jugend
Meines Herzens, meines Geistes!

Wo so edle Weine fließen,
Muß die Quelle doch wohl echt sein;
Wo so duft'ge Blumen sprießen,
Kann der Boden nicht ganz schlecht sein.

Mache fruchtbar meinen Acker,
Segne meine Liederquelle,
Und das Herz erhalte wacker
Und den Blick erhalte helle!

Neue Sprüche der Weisheit.

12

Nur Eine Weisheit führt zum Ziele,
Doch ihrer Sprüche giebt es viele.

1.

Wie kann man den Duft der Blumen erkennen,
    Bevor man sie berochen?
Wie kann man die Blumen sein eigen nennen,
    Bevor man sie gebrochen?

2.

Niemand hört Dir gläubig zu
Wenn Du beginnst: ich bin klüger als Du!

Drum: wenn Du Andre willst belehren,
Mußt Du Dich erst zu ihnen bekehren!

3.

Nie kampflos wird Dir ganz
Das Schöne im Leben geglückt sein —
Selbst Diamantenglanz
Will seiner Hülle entrückt sein,
Und windest Du einen Kranz:
Jede Blume dazu will gepflückt sein.

4.

Zweierlei laß Dir gesagt sein,
Willst Du stets in Weisheit wandeln
Und von Thorheit nie geplagt sein:
Laß das Glück nie Deine Herrin,
Nie das Unglück Deine Magd sein!

5.

Wer nie verließ der Vorsicht enge Kreise,
   Und selbst aus seiner Jugend Tagen
   Nichts zu bereu'n hat, zu beklagen:
Der war nie thöricht — aber auch nie weise.

6.

Am leicht'sten schartig werden scharfe Messer,
Doch: schneidet man deshalb mit stumpfen besser?

7.

Geht mir mit Eurem kalten Lieben,
   Euch ward nie Lust noch Leid genug —
Wen Liebe nie zu weit getrieben,
   Den trieb sie auch nie weit genug!

8.

Ein Mann der liebt, darf nicht zu blöde sein:
   Abschreckend stets ist zuviel Blödigkeit!
Ein Weib das liebt, darf nicht zu spröde sein:
   Abschreckend stets ist zuviel Sprödigkeit!

9.

Die lieblich thun mit Allen will,
Die macht es Keinem recht;
Die Tausenden gefallen will,
Gefällt nicht Einem recht!

10.

Willst Welt und Menschen recht verstehn,
Mußt Du in's eigne Herz Dir sehn.
Willst Du Dich selbst recht kennen lernen,
Mußt Du Dich aus Dir selbst entfernen.

* * *

Wer sich beurtheilt nur nach sich,
Gelangt zu falschen Schlüssen —
Du selbst erkennst so wenig Dich
Als Du Dich selbst kannst küssen.

11.

Geh' so stille Du magst Deine Wege,
Es drückt Dir die Zeit ihr Gepräge,
Es drückt ihr Gepräge die Welt
Auf Dein Antlitz, wie Fürsten auf's Geld.

12.

In jedes Menschen Gesichte
Steht seine Geschichte,
Sein Hassen und Lieben
Deutlich geschrieben;
Sein innerstes Wesen
Es tritt hier an's Licht —
Doch nicht Jeder kann's lesen,
Verstehn Jeder nicht.

13.

Der Weise kann des Mächtigen Gunst entbehren,
Doch nicht der Mächtige des Weisen Lehren.

––––––––––

14.

Wohl besser ist's, ohn' Anerkennung leben
Und durch Verdienst des Höchsten werth zu sein,
Als unverdient zum Höchsten sich erheben,
Groß vor der Welt und vor sich selber klein.

15.

Neujahrs - Betrachtung.

So sang Mirza-Schaffy den Freunden zu,
Da sich beschloß des alten Jahres Lauf:
Wir legten jeden Abend uns zur Ruh',
Und standen jeden Morgen wieder auf —
Des Morgens zogen wir uns sorgsam an,
Des Abends zogen wir uns sorgsam aus —
Was wir dazwischen sonst gestrebt, gethan,
Ich glaube: viel kam nicht dabei heraus.
Das heißt, so fühl' ich in Bezug auf mich —
Wer stolzer von sich fühlt, der melde sich!

16.

Wie das Gewand um Deine Glieder
Schlingt sich der Reim um meine Lieder;
Schön mögen des Gewandes Falten sein:
Doch schöner muß, was sie enthalten, sein!

Anhang.

Wer sich selbst und Andre kennt,
Wird auch hier erkennen:
Orient und Occident
Sind nicht mehr zu trennen.

                                    Goethe.

1.

Rosen und Dornen.

———

Ich habe eine Nachbarin
Mit guter Zung' und bösem Sinn.
Sie keift den ganzen Tag im Haus,
Zankt sich herum mit Mann und Maus.
Erhebt ihr guter Mann die Stimme,
Gleich fährt sie auf in wildem Grimme;
Und schweigt er streitesmüde still,
Zankt sie, weil er nicht zanken will.

*   *   *

Der beste Mensch wird manchmal zornig,
Kein Liebespaar kann immer kosen —
Die schönsten Rosen selbst sind dornig,
Doch schlimm sind Dornen ohne Rosen!

———

2.

Der Muschtahid*) singt:

Wenn alle Gläubigen die rechten Pfade gehn,
So bleibt mir nichts als ihnen nachzusehn —
   Wie aber könnte ich dabei bestehn!

Wenn jeder Durstige selbst sucht den Weg zum Quell,
Der ihm entgegenrieselt klar und hell,
   Bin ich ein überflüssiger Gesell.

Doch lieber trübe ich die Quellen allesammt,
Als daß ich wank' und weich' aus meinem Amt —
   Wer mir nicht folgen will: der sei verdammt!

*) Muschtahid: Oberpriester der Schiiten.

———————

Mirza-Schaffy singt:

Worin besteht der ganze Unterschied
Wohl zwischen mir und unserm Muschtahid?

Wir Beide suchen vor dem Volk durch Predigen
Uns überflüssiger Weisheit zu entledigen,
Ich singend — er mit näselndem Gekreische.
Das Herz sitzt ihm so tief im dicken Fleische,
Daß nie vom Herzen etwas trat zu Tage —
Derweil ich mein Herz auf der Zunge trage.

Auf seinen kurzen Beinen wackelt er
Ernst wie ein alter Gänserich einher,
Und keucht, als müßt er nebst dem vollen Magen
Die Sündenlast der ganzen Menschheit tragen.

Ich wandle ganz leichtfüßig durch die Straße;
Er seufzt und flucht — ich lächle und ich spaße.

Er liebt's, mich im Geheimen durchzuhecheln,
Ich aber nehm' ihn öffentlich auf's Korn,
Und er hat weit mehr Furcht vor meinem Lächeln,
Als ich je Furcht gehabt vor seinem Zorn.

————————

Ich sah ihn neulich spät nach Hause kommen,
Er hatte sich im Trinken übernommen,
Da fiel er in den Schmutz und seufzte trunken:
»Die Welt ist in Verderben ganz versunken!«

Sein Glaube ist so groß, daß wenn er fällt,
Glaubt er: gefallen sei die ganze Welt.

5.

An Fatima.

O Mädchen, Dein beseligend Angesicht
Uebt größere Wunder als das Sonnenlicht.
Die Sonne kann uns nicht mit Glut erfüllen
Wenn Nacht und Wolken ihren Glanz verhüllen,
Sie muß in ganzer Majestät sich zeigen
In uns die Glut zu wecken die ihr eigen.

Dich aber, Mädchen, brauch' ich nicht zu sehn,
Um ganz in Glut und Wonne zu vergehn:
So strahlend lebt Dein Bild in meinem Innern,
Ich brauche blos mich Deiner zu erinnern.

Ich glühe für Dich — aber kalt bleibst Du,
Und selber ruhig — raubst Du meine Ruh.

O, fühle selbst die Glut die Du entfachst,
Sei selbst so glücklich wie Du glücklich machst!

—

6.

Ich kam in eine große Stadt
Die manche böse Zunge hat,
Und über Alles, über Jeden
Hört' ich viel' arge Dinge reden.
Die Leute schimpften auf einander ganz unsäglich
Und lebten mit einander ganz erträglich.

Anhang zur 11. Auflage.

1.

Ein liebeleeres Menschenleben
Ist wie ein Quell, versiegt im Sand,
Weil er den Weg zum Meer nicht fand
Wohin die Quellen alle streben.

2.

Sprich nicht von Zeit, sprich nicht von Raum,
Denn Raum und Zeit sind nur ein Traum,
Ein schwerer Traum, den nur vergißt
Wer durch die Liebe glücklich ist.

3.

Es dreh'n die Welten sich im Kreise,
Sie wandeln stets die alten Gleise.

Es geht die Menschheit ihre Bahn
Zum Grabe, wie sie stets gethan.

Es blüht die Blume wunderbar
Und welkt wie einst und immerdar.

Zerstörend ist des Lebens Lauf,
Stets frißt ein Thier das andre auf.

Es nährt vom Tode sich das Leben,
Und dies muß jenem Nahrung geben.

Ein ewig Werden und Vergehn
Wie sich im Kreis die Welten dreh'n.

Ein Kreislauf, der zum Wahnsinn triebe,
Gäb' ihm nicht Licht und Sinn die Liebe!

4.

Arabisches Sprichwort.

Das Paradies der Erde
Liegt auf dem Rücken der Pferde,
In der Gesundheit des Leibes
Und am Herzen des Weibes.

5.

Hin zum Lichte drängt das Licht,
Doch der Blinde sieht es nicht.

6.

Sammle Dich zu jeglichem Geschäfte,
Nie zersplittre Deine Kräfte!
Theilnahmvoll erschließe Herz und Sinn,
Daß Du freundlich Andern Dich verbindest —
Doch nur da gieb ganz Dich hin
Wo Du ganz Dich wiederfindest!

7.

Weltverbesserung.

»Zu ungleich ist's in dieser Welt,
Das Kleine muß vom Großen leiden —
Wie wäre Alles wohlbestellt
Wenn Gleichheit herrschte zwischen Beiden!«

So klingt das Klagelied der Tadler,
Sie finden Alles schlecht umher,
Die winzige Mücke schmäht den Adler
Weil sie nicht fliegen kann wie er.
Der Riese soll wie Zwerge klein,
Der Zwerg so groß wie Riesen sein.

Verbessern wir der Schöpfung Fehler!
Hinfort soll Gleichheit sein auf Erden,
Die Berge sollen tief wie Thäler,
Die Thäler hoch wie Berge werden.

Was groß ist, soll sich nun verkleinern,
Besond'res sich verallgemeinern,
Die Klugheit soll der Dummheit weichen,
Der Diamant dem Kiesel gleichen,
Und wenn das Alles ist geschehn,
Ruft mich — das Wunder möcht' ich sehn!

———

8.

Als ich noch jung war, glaubt' ich Alles daure,
Dann sah ich: Alles wechselt, stirbt und flieht.
Doch ob mein Herz Verlornes viel betraure,
Ein wechselvolles Loos mir Gott beschied,
Glaubt doch mein Geist noch immer, Alles daure,
Weil er das Bleibende im Wechsel sieht.

———

Anhang zur 15. Auflage.

1.

Ach ihr Lieder, alten Lieder!
Die ich sang da ich noch jung war,
Da noch pfeilschnell mein Gefieder,
Mein Gemüth voll Glut und Schwung war!

Nun wie Geister alter Sagen
Geht es um in euren Tönen,
Drin es klingt von sel'gen Tagen
Und von Frau'n, von wunderschönen.

Kinder einer wärmern Sonne,
Blumen immergrüner Fluren,
Spenderinnen höchster Wonne,
Wo jetzt find' ich eure Spuren?

Nimmer neigt sich holden Grußes
Euer stolzes Haupt mir wieder;
Doch wie vordem, leichten Fußes
Schwebt ihr noch durch meine Lieder.

Und hier schafft ihr, holden Strebens,
Mit dem Wunderland am Phasis,
In die Wüste meines Lebens
Eine blühende Oasis.

———

2.

Der kluge Mann hält sich zurück
Und streift im Fluge nur das Glück;
Es immer zu erschöpfen
Ziemt nur den hohlen Köpfen,
Die glauben, daß dem Hochgenuß
Ein tiefer Fall stets folgen muß

*   *   *

Der Biene gleiche, die sich labt
An holden Blumen duftbegabt:
Sie sagt auf ihrem Wandern
Nicht einer von der andern.

3.

Wo sich Kraft will offenbaren,
Wird sie Widerstand erfahren,
    Schlechtes sucht mit Gutem Streit —
Ist sie klein, wird sie erliegen,
Ist sie groß, so wird sie siegen
    Ueber Tücke, Haß und Neid.
Aus derselben Ackerkrume
Wächst das Unkraut wie die Blume —
Und das Unkraut macht sich breit.
Doch es raubt nichts von dem Ruhme,
Duft und Glanz der schönen Blume.

———

4.

Das Leben ist ein Darlehn, keine Gabe —
Du weißt nicht wieviel Schritt Du gehst zum Grabe,
Drum nütze klug die Zeit: auf jedem Schritt
Nimm das Bewußtsein Deiner Pflichten mit.
Gewöhne Dich — da stets der Tod Dir bräut —
Dankbar zu nehmen was das Leben beut;
Die Wünsche nicht nach Aeußerm zu gestalten,
Sondern den Kern im Innern zu entfalten;
Nicht fremder Meinung unterthan zu sein,
Die Dinge nicht zu schätzen nach dem Schein;
Nicht zu verlangen, daß sie sollen gehn
Wie wir es wünschen — sondern sie verstehn;
Daß wir uns bei Erfüllung unsrer Pflichten
(Da sie's nach uns nicht thun) nach ihnen richten.

Anhang zur 19. Auflage.

1.

Daß Weisheit nach der Anmuth strebt,
Hat man auf Erden oft erlebt,
Doch daß die Anmuth gern ihr Ohr
Der Weisheit leiht, kommt selt'ner vor

———

2.

Zwei Arten höh'rer Geister schuf Natur:
Die einen, schön zu denken und zu handeln;
Die andern, voll Empfänglichkeit der Spur
Des Wahren und des Schönen nachzuwandeln.

———

3.

Die reine Frau ist wie ein frischer Quell,
Der uns entgegensprudelt klar und hell,
Wie eine lautre Gottesoffenbarung;
Er labt und freut uns nur, trägt keine Lasten,
Doch die sich beugen unter stolzen Masten,
Die Ström' und Meere schöpfen aus ihm Nahrung.

Nicht alle Frauen sind Engel;
(Haben Männer doch auch ihre Mängel!)
Und solche Frauen durch Vernunft zu zwingen
Wird nicht dem Weisesten gelingen:
Sie lassen lieber schmeichelnd sich bethören,
Als auf die Stimme der Vernunft zu hören.

5.

Frauensinn ist wohl zu beugen
— Ist der Mann ein Mann und schlau —
Aber nicht zu überzeugen:
Logik giebt's für keine Frau;
Sie kennt keine andren Schlüsse,
Als Krämpfe, Thränen und Küsse.

6.

Die schlimmsten Schmerzen sind auf Erden,
Die ausgeweint und ausgeschwiegen werden.

Abschied von Tiflis.

Schön bist Du, fruchtreiche Kyrosstadt!
Schön sind Deine Töchter und Söhne zumal!
Du Meer meiner Wonne, Du Meer meiner Qual,
Drin mein Herz seine Perle gefunden hat:
Dich sing' ich, Dich grüß' ich beim vollen Pokal!

Siehe, Felsen und Berge umschließen Dich,
Befruchtende Wasser durchfließen Dich;
　　Es wächst auf knorrigen Bäumen,
　　In grünen, sonnigen Räumen
　　　　Dein süßer Feuerwein.
　　Es wälzen warme Quellen
　　Ihre wunderthätigen Wellen
　　　　Aus rauhem Felsgestein.

　　Es klettern die Sakli's, die grauen,
　　Rings aus dem grünen Plan
　　Die gelben Berge hinan.
　　Vom steilen Felshang schauen
　　Ruinen, Schlösser und Vesten
　　In das weite Kyrosthal,
　　Mit seinen stolzen Palästen
　　Und Häusern ohne Zahl,

Und dem bunten Menschengewimmel
Auf Märkten und Basar —
Darüber wölbt sich klar
Der warme blaue Himmel.

Und zu der Schönheit Throne
Viel luftige Balkone
Und Gallerieen winden sich
Um Deiner Häuser Reihn;
Auf den Balkonen finden sich
Allabendlich bei Mondenschein
Viel schmucke, schlanke Mädchen ein.
Sie lehnen über die Ränder,
Im Antlitz Huld und Süße —
Es flattern die bunten Gewänder,
Es zucken die kleinen Füße —
Der dunklen Augen Feuer
Blitzt durch die hellen Schleier . . .

Schön bist Du, fruchtreiche Kyrosstadt!
Schön sind Deine Töchter und Söhne zumal!
Du Meer meiner Wonne, Du Meer meiner Qual!
Drin mein Herz seine Perle gefunden hat:
Dich sing' ich, Dich grüß' ich beim vollen Pokal!

Epilog.

Ein Gärtner schreit' ich durch's Land,
Die Blumen pflegend,
Das Unkraut jätend,
Den Acker bereitend
Zur guten Empfängniß
Des Saatkorns der Weisheit.

Befruchtende Wasser
Durchrieseln die Felder
Gemessenen Laufes,
Nutzbringend, bescheiden —
Derweilen der Springquell
Aus marmornem Becken
Hochaufspringt und plätschert
In sprudelndem Uebermuth.

Das keuchende Zugthier
Gepeitscht von dem Führer
Durchlockert den Boden,
Kann nimmer genug thun —

Derweilen die Nachtigall
Süß flötend im Baum sitzt
Und neckisch herablugt
Zur schmachtenden Rose.

Das Gras wird zertreten
Das saftig die Heerde nährt,
Und Niemand beachtet
Die heilenden Kräuter,
Die wunderthätigen,
Verborgen im Grase —
Derweilen der Epheu
Sich stolz um den Baum rankt,
Und die Blumen prangen
In lieblichem Dufte
Und blendendem Farbenspiel.

So ist es im Leben,
So ist es im Liede.
Denn der Sänger vermag nicht
Die Ordnung zu stören,
Die ewige Ordnung,
Der Alles sich fügen muß.

Laß die Nachtigall singen,
Sie kann nicht den Pflug ziehn —
Und es hat kein Zugthier
Die Stimme der Nachtigall.

Laß prangen die Blumen
In üppiger Schöne;
Ihr Duft, ihre Wohlgestalt
Sind uns zur Freude da.

Die Blumen zu pflegen,
Das Unkraut zu tilgen,
Ist Sache des Gärtners.

Die Sorgen zu bannen,
(Das Unkraut des Geistes)
Den Kummer zu scheuchen,
Die Schmerzen zu lindern,
Ist Sache des Sängers.

Der Garten liegt vor Euch
Mit saftigen Reben
Und rankendem Epheu;

Mit klingenden Zweigen
Und plätscherndem Springquell;
Mit heilenden Kräutern
Im schwellenden Grase;
Schwarzäugigen Mädchen
In blühenden Lauben;
Mit Blumen und Früchten.

Erquickt Euch daran
Nach den Mühen des Tages;
Genießet das Eine
Und freut Euch des Andern.

Berlin, gedruckt in der Königlichen Geheimen Ober-Hofbuchdruckerei (R. v. Decker).

www.ingramcontent.com/pod-product-compliance
Lightning Source LLC
Chambersburg PA
CBHW030811020726
47499CB00006B/1862